글의 품격

일러두기

한 권의 책은 수십만 개의 활자로 이루어진 숲인지도 모릅니다. 《글의 품격》이라는 숲을 단숨에 내달리기보다, 이른 아침에 고즈넉한 공원을 산책하듯이 찬찬히 거닐었으면 합니다.   이기주

글의 품격

삶이 곧 하나의 문장이다

이기주 지음

황소북스

글과 삶은

어느 순간 하나로 포개진다.

때론 내가 글을 쓰는 게 아니라

글이 나를 쓰는 게 아닐까.

삶에서 글이 태어나고
글은 삶을 어루만진다

얼마 전 요양 병원에 계신 할머니를 뵙고 왔다. 할머니는 치매를 앓고 계신다. 지금은 증세가 심해져 사람을 못 알아보지만, 몇 해 전까지만 해도 "그거 있잖아", "누구시더라" 하고 더듬거리며 사물과 사람의 이름을 떠올리지 못하는 정도였다.

병원에서 치매 진단을 받던 날, 할머니는 먼 길을 떠나는 사람처럼 아득한 표정으로 말했다.

"기억이 녹아서 흘러내리는 것 같아. 단어가 잘 생각나지 않아서 말을 하지 못하겠어. 머릿속에 안개가 자욱해….”

의사는 한데 뭉쳐 있던 할머니의 기억이 여러 조각으로 쪼개지고 있다고 설명했다. 그러면서 이런 말을 덧붙였다.

"치매 초기엔 기억력이 감퇴하고 언어 능력이 저하되기 시작해요. 그래서 대화를 나눌 때 고유 명사 대신 대명사를 사용하는 비율이 급격히 높아지죠. 치매라는 병은 환자의 기억 속에서 가족과 주변 사람의 이름을 가장 먼저 지워버립니다."

사랑하는 사람의 입술에서 내 이름이 지워지는 것만큼 슬픈 일도 없다.

세월은 우리를 에워싼 모든 것을 허물어뜨린다. 삶의 유한성 앞에서 인간은 늘 무력하다.

살아가는 일은 서서히 사라지는 일이기도 하다. 내가 먼저 사라지느냐, 나를 둘러싼 사람과 관계가 먼저 사라지느냐 하는 차이만 있을 뿐이다.

소중한 사람과의 이별은 그리움을 낳는다. 그리움은 대개 시간의 물살에 깎여 차츰 동그래지고 쪼그라들지만, 일부는 살아남아 가슴속을 제멋대로 돌아다닌다.

그리움의 활동 반경이 평소보다 커지는 날이 문제다. 그런 날이면 우린 책 귀퉁이와 일기장에 한때 소중했던 사람의 이름을 끄적이며 눈물을 떨구곤 한다. 그렇게라도 그리움을 쏟아내지 않고서는 견딜 수가 없기 때문이다.

세상살이를 하면서 마음에 새겨지는 온갖 감정의 무늬가 우리의 손끝을 뚫고 나와 문장으로 태어난다. 그렇다. 삶에서 글이 솟아난다. 어쩌면 우리는 저마다의 삶을 연필처럼 움켜쥐고 글을 쓰는지도 모른다.

작가로 살다 보면 "글쓰기 내공을 쌓으려면 어떻게

해야 하나요?"라는 질문에 휩싸일 때가 많다. 그때마다 대답을 망설인다. 목구멍으로 말을 삼킨다. 어쩔 수 없이 답을 내놔야 하는 상황이라면 하고 싶은 말의 절반만 한다.

애초에 정해진 답이 없기도 하거니와, 글쓰기에 관해 많은 걸 알고 있다고 착각하면 자칫 아무것도 모르는 사람이 되기 때문이다. 난 평생 글을 쓰고 나서 생을 마감할 즈음에야 나만의 답을 조심스레 내놓을 수 있을 듯하다.

다만 나는 문장을 쓰고 매만지는 과정에서 말에 언품言品이 있듯 글에는 문격文格이 있음을 깨닫는다. 사전을 찾아보면 '격格'은 '주위 환경이나 형편에 자연스럽게 어울리는 분수나 품위'다. 세상 모든 것에는 나름의 격이 있다. 격은 혼자서 인위적으로 쌓을 수 있는 게 아니다. 삶의 흐름과 관계 속에서 자연스레 다듬어지는 것이다.

문장도 매한가지다. 품격 있는 문장은 제 깊이와 크기를 함부로 뽐내지 않는다. 그저 흐르는 세월에 실려 글을 읽는 사람의 삶 속으로 퍼져나가거나 돌고 돌아 글을 쓴 사람의 삶으로 다시 배어들면서 스스로 깊어지고 또 넓어진다.

문득 가물거리는 기억 저편을 더듬어본다. 우여곡절 끝에 취업을 해서 첫 출근을 하던 날이었다. 현관을 나서며 재킷 안주머니에 손수건이 있는지 확인했다. 꾹꾹 눌러 접은 편지가 손에 잡혔다. 하얀 편지지 한가운데에 단출한 문장이 조각배처럼 떠 있었다. "그동안 애썼다, 기주야. 그리고 고맙구나."

현실의 벽 앞에서 갈피를 잃고 버둥거릴 때마다 사랑하는 사람이 건네준 따스한 문장이 나를 꼭 안아주었다. 이날도 그랬다. 어머니가 몰래 넣어둔 편지

한 장이 진종일 내 마음을 포근히 감싸주었다.

깊이 있는 문장은 그윽한 문향文香을 풍긴다. 그 향기는 쉬이 흩어지지 않는다. 책을 덮는 순간 눈앞의 활자는 사라지지만, 은은한 문장의 향기는 독자의 머리와 가슴으로 스며들어 그곳에서 나름의 생을 이어간다. 지친 어깨를 토닥이고 상처를 어루만지는 꽃으로 피어난다.

한 권의 책 안으로 들어가는 문은 하나지만 밖으로 나오는 문은 여럿이 아닐까 생각한다. 책 안에 다양한 샛길이 존재하기 때문이다.
《글의 품격》을 가로지르는 무수한 '활자의 길'을 각자의 리듬으로 자유롭게 거닐었으면 하는 바람이다. 길 위에서 무엇을 보고 듣고 느낄지는 오로지 당신의 몫이다.

다만 이 책을 덮은 뒤 당신의 손끝에서 돋아난 문장이 소중한 이들의 가슴에 가닿으면 좋겠다. 당신이 일으킨 문장의 물결이 당신의 진심을 실어 나르기를 바란다.

여전히 많은 것이 가능하다.
우린 늘 다시 시작할 수 있다.

당신의 글이
누군가에게
한 송이 꽃이 되기를

이기주

> 一講 | 좌우봉원 左右逢源
> 일상의 모든 것이 배움의 원천이다

"삶은 내 곁을 맴도는 대상들과
오해와 인연을 맺거나 풀어가는 일이다."

일상의 모든 것이 배움의 원천이다

좌우
봉원

左 右

逢 源

"삶은 내 곁을 맴도는 대상들과
오해와 인연을 맺거나 풀어가는 일이다."

마음

생각과 감정이 싹트는 곳

봄 햇살이 온누리에 내려앉을 무렵 어머니가 수술대에 누웠다. 다행히 예후가 좋았다. 항암 치료까지 무사히 마친 어머니는 퇴원을 앞두고 있었다.

난 무심결에 병실 밖을 내다봤다. 겨울이 그린 밑그림 위에 봄이 채색되고 있었다. 땅에서 솟아난 꽃들이 하늘을 뒤덮을 기세로 자라나 사방으로 하늘거렸다. 지상의 온갖 생명이 긴 잠에서 깨어나 기지개를 켜는 모습이 눈앞에 어른거렸다.

겨울이 지나면 어김없이 봄이 온다. 이는 비가 그치면 해가 뜨고, 해가 지면 서녘 하늘이 검붉게 물드는 것처럼 순리에 맞고 당연한 일이다.

'봄'은 '볕', '보다' 같은 단어와 어원적으로 밀접하다. 봄이 오면 볕이 본격적으로 지상에 내리쬐기 시작하고, 그즈음 우린 새싹이 돋아나는 현상을 눈으로 바라봄으로써 계절의 변화를 실감한다.

이날 나는 창밖에 펼쳐진 봄 풍경을 눈으로 만끽하면서 어머니를 모시고 병원을 벗어날 생각에 들떠 있었다. 그런데 어찌 된 일인지 어머니는 침대에 앉아 창밖만 바라볼 뿐 말이 없었다. 한 시간쯤 지났을까. 어머니가 겨우 입술을 움직여 병실의 침묵을 깨트렸다.

"기주야, 이번 봄은 다른 봄들보다 아름답구나…."
난 아무 대꾸를 하지 못했다. 어머니가 읊조린 문장이 너무 크고 무겁게 느껴졌다. 나 역시 글을 쓰는 사람이기에 '봄이 아름답다'는 감탄은 수없이 했고 다채롭게 표현도 했다. 감히 '과거의 봄'과 '현재의 봄'을 비교하거나 대조한 적이 없을 뿐이다.

살다 보면 육안肉眼으로 응시한 것을 심안心眼으로 해석해야 하는 경우가 있다.
삶을 떠받치는 가치, 달지도 쓰지도 않은 미묘한 맛, 사랑하는 사람을 쓰다듬을 때 느끼는 감정처럼 수치로 계량화할 수 없는 것들을 포착하려면 심안을 부릅뜨고 살아야 한다. 그래야 계절의 변화를 알아챌 수 있고, 눈앞에 펼쳐진 풍경을 온몸으로 느낄 수 있다. 병실 창문을 내다보며 내 어머니가 그랬던 것처럼 말이다.

퇴원 수속을 마치고 집에 도착해서는 "이번 봄은 다른 봄들보다 아름답다"는 글귀를 수첩에 또박또박 적었다.

평소 나는 '좌우봉원左右逢源'이라는 말을 가슴에 품고 문장을 매만진다. 이는 "주변에서 맞닥뜨리는 사물과 현상을 헤아리면 근원과 만나게 된다"는 뜻인데, 일상의 모든 것이 배움의 원천이라는 의미로도 풀이할 수 있다.

어머니의 입술을 비집고 나오는 말과 문장이야말로 내겐 공부의 대상이다. 가장 가까운 사람이 건네는 일상의 떨림이 내겐 커다란 울림이 된다. 이날도 예외가 아니었다. 어머니가 토해낸 짧은 문장은 내 귓속에서 쉴 새 없이 맴돌았다. 어머니는 왜 그런 문장을 읊조린 걸까. 생각이 꼬리에 꼬리를 물었다.

한동안 수첩을 놓지 못하고 어루만지던 나는 왈칵 울음을 터트렸다. 그제야 어머니가 창밖을 보며 느꼈을 심정을 짐작할 수 있었기 때문이다.

삶과 죽음의 경계에서 삶 쪽으로 가까스로 넘어온 어머니로선, 퇴원하는 날 마주한 봄이 수십 년간 스쳐간 그것들에 비해 각별할 수밖에 없었으리라. 어쩌면 영영 볼 수 없었을 봄날의 풍경이….

생의 끝자락에 필사적으로 매달려가며 사랑하는 사람 곁에 머물기 위해 분투했을 어머니를 생각하면 나는 지금도 가슴이 미어진다. 내게 봄은 두 얼굴을 지닌, 조금은 슬픈 계절이다.

봄에 대한 아스라한 기억을 굳이 끄집어낸 이유는 봄의 양면성을 이야기하기 위해서가 아니다. 마음으로 계절을 음미해야 한다는 것을 강조하기 위해서도 아니다. 글쓰기에 관한 나름의 생각과 소신을 펼쳐 놓고 싶어서다.

평소 사인회나 독자들과 만나는 자리에서 "어떻게 하면 글쓰기 내공을 비약적으로 기를 수 있나요?" 같은 질문이 귓속으로 스며들 때가 있다. 그때마다 대답을 망설인다. 왜냐하면 글쓰기는 수학이나 물리학과는 달리 올바른 공식이나 정답이 존재하지 않는 영역이기 때문이다.

그럼 글쓰기에 대한 질문은 쓸데없는 것인가? 헛것인가? 그럴 리 없다. 오히려 그 반대다. 세상에서 가장 깊은 물음은 뚜렷한 답이 없는 물음이 아닐까 싶다.

명징한 답이 존재하지 않는 질문의 경우, 끊임없이 그것을 향해 달려들다 보면 어느 순간 답에 가까운 이치를 발견하거나 아예 답이 없는 질문이라는 걸 깨닫게 된다. 글쓰기에 대해 궁구하는 일은 쓸데없는 것이 아니다. 삶에 보탬이 됐으면 됐지, 해가 되지는 않는다.

난 글쓰기에 관한 질문에 휩싸일 때면 몇 초간 숨을 들이마신 뒤 슬며시 입을 연다.

"잘 쓰는 것보다 잘 느끼는 게 중요한 것 같아요. 마음을 들여다보면 도움이 될지도 모르겠네요."

《언어의 온도》,《말의 품격》,《한때 소중했던 것들》은 모두 내 마음의 밑바닥에서 태어났다. 글을 쓰는 일은 마음의 상태를 살피고 기록하는 일이 아닐까 생각한다.

돌아보면 내 마음과 정면으로 마주할 때 글쓰기의 문이 열리기 시작했고, 스스로 내면을 향해 걸어 들어갈 즈음 작가의 길로 접어들었다. 언제나 길은 바깥이 아니라 안쪽에, 마음속에 있었다.

그렇다면 도대체 마음의 정체는 뭘까. 어떻게 작동하고 어떻게 멈추는 걸까. 아니, 멈추는 순간이 있기는 할까. 마음은 텅 비어 있을까, 아니면 감정과 기분으로 물들어 있을까.

글쎄다. 적어도 한자 문화권에선 마음의 가치를 높이 샀다. 마음을 뜻하는 심心은 심장을 빼닮았다. 이는 마음이 심장처럼 인간의 삶을 지탱하는 중추적 역할을 하는 것이며, 때론 모든 일의 근본이 될 수 있음을 내포한다.

맹자는 인간의 마음을 '대체大體'라고 했다. 마음은 인간 사유의 바탕인 동시에 도덕적 능력을 지닌 커다란 몸에 가깝다는 것.

반면 일부 뇌공학자는 '마음=뇌의 작용'이라는 등식이 성립한다고 주장한다. 마음이 뇌 신경세포의 지배를 받기 때문에 뇌가 작동하는 방식에 따라 마음도 빚어진다는 논리다. 그럴듯한 얘기다.

하지만 뇌과학과 진화생물학 등 인간을 이해하는 학문의 지평이 넓어졌음에도, 과학은 여전히 뇌가 구체적으로 어떻게 작동하고 그로 인해 감정이 어떻게 변모하는지, 뇌와 마음이 사고에 어떤 영향을 미치는지 완벽하게 설명하지 못한다.

마음을 과학적으로 분석하는 것이 녹록하지 않다면, 차라리 상상력을 동원해 접근하는 건 어떨까. 난 마음의 정체에 대해서 감히 말할 수 없지만, 마음의 본질에 대해선 조심스레 의견을 내놓을 수 있다.

나는 인간의 마음이 강가에 뒹구는 조약돌 같다고 생각한다. 낮 동안 햇살에 달궈진 조약돌은 저녁 어스름이 내려도 따듯함을 유지한다.

마음도 매한가지가 아닐는지. 아무리 현실이 팍팍해도, 무언가에 혹은 누군가에 의해 슬며시 데워진 마음은 한동안 온기를 지닌다. 이때 냉기가 감돌던 마음이 데워지는 과정에서 나름의 온도 차가 발생하는데, 그러면 세상살이에 쪼그라들었던 마음도 한껏 부풀어 오른다.

어쩌면 우린 마음이 따듯해질 때 생겨나는 휘황한 힘으로 삶을 이어가는 게 아닐까. 곁에서 마음의 온기를 건네주는 사람들 덕분에 우리가 세월을 버틸 수 있는 건지도 모른다.

인간의 마음과 사고 체계가 연결되어 있는 게 아닐까 하는 생각이 들기도 한다. 생각할 '사思'의 구조를 보자. 밭 전田과 마음 심心이 합해진 형태인데 혹자는 이를 '마음의 밭'으로 해석한다. 마음이라는 땅에서 생각이 농작물처럼 자란다는 얘기다.

일리가 있다. 생각은 종종 마음에서 돋아나거나 적어도 마음의 영향을 받는다. 모든 생각이 마음에 의해 만들어지는 것은 아니지만, 때론 마음이 생각을 만들어내는 중요한 터전으로 작용한다.

돌이켜보면 나를 둘러싼 주변의 풍경과 사람과 사연이 오감을 거쳐 가슴으로 흘러 들어오던 순간, 내 안에선 글을 쓰고 싶은 욕망이 꿈틀거렸다.

그때마다 현미경 들여다보듯 '나'를 탐구했다. 내면에 싹튼 뜨끈한 생각과 감정이 식어버리기 전에 지면과 화면에 바지런히 적었다. 참신한 표현이 떠오르면 길을 걷다가도 멈춰 서서 휴대폰 메모 애플리케이션으로 재빨리 낚아챘다.

시간이 지나 마음의 신열이 식으면 신나게 키보드를 두드렸다. 이때 메모 앱에 저장한 구절을 화면에 그대로 옮기지 않고 완결된 구조로 만들기 위해 고민했다. 언덕에서 작은 눈덩이를 굴리면 점성이 생겨 커다랗게 변하는 것처럼, 메모장에 저장한 '언어의 온도'라는 표현을 노트북으로 불러내 다양한 방식으로 자르고 붙이면서 "말과 글에는 나름의 온도가 있다"라는 문장을 도출하는 식으로 말이다.

마음은 한없이 원초적이고 예민하다. 거기엔 삶의 희로애락이 촘촘히 각인된다. 밝은 무늬만 새겨질 리 없다. 슬픔과 좌절처럼 어두운 문양까지 고르게 새겨진다.

그러므로 삶을 온전히 글로 옮기려면, 마음에 울려 퍼지는 희망과 환희뿐 아니라 울음과 함께 터져 나오는 통곡과 절규를 외면하지 말아야 한다. 누군가를 사랑할 때, 상대의 미소만이 아니라 눈물까지 살펴야 하는 것처럼 말이다.

처음

설렘과 두려움이 교차하는 순간

"당신이 무엇을 먹는지 말해봐. 그러면 당신이 어떤 사람인지 말해줄게"라는 말로 유명한 프랑스의 미식가 브리야 사바랭은《미식 예찬》에 이런 문장을 남겼다.

"짐승은 먹이를 삼키고, 인간은 음식을 먹는다!"

내가 흡입하듯 삼키지 않고 시간을 들여 천천히 음미하며 먹는 음식은 단연 빵이다. '세상에 맛없는 빵은 없다'는 것이 예전부터 내 지론이다. 참새가 방앗간을 그냥 지나치지 않듯, 거리를 걷다가 갓 구운 빵냄새에 이끌리면 곧장 빵집으로 빨려 들어간다.

자주 가는 빵집은 영등포 타임스퀘어 1층에 있는 '오월의 종'이다. 한남동에도 매장이 있는 이 빵집은 케이크와 디저트는 팔지 않는다. 직원들이 갓 구워 낸 담백한 식사빵을 고객이 보는 앞에서 무심하게 매대에 올려놓는데, 입소문이 나서인지 일부 빵은 일찌감치 동이 나기도 한다.

한번은 이 집의 인기 메뉴인 무화과호밀빵을 구입하기 위해 방문했다 품절이 돼서 발길을 돌린 적이 있다. '일찍 올걸…' 하는 아쉬움을 털어내고 빵집을 나섰는데, 영등포시장 근처에서 술빵일명 '막걸리빵'을 파는 상인의 모습이 눈에 들어왔다. 그래, 꿩 대신 닭이다. 호밀빵을 손에 넣지 못했으니 평소 어머니가 좋아하는 술빵을 사 들고 가자!

길가에 차를 대고 손수레 쪽으로 다가서자 봄바람을 타고 달짝지근한 누룩 향이 내게 끼쳐왔다. 60대 초반쯤 되는 아주머니가 어딘지 익숙하지 않은 표정과 손놀림으로 비닐봉지에 빵을 담으며 내가 묻지도 않은 이야기를 보탰다. 목소리에는 설렘과 두려움이 얼키설키 뒤얽혀 있었다.

"저기, 젊은 양반인데 술빵 좋아하나 봐요?"

"그럼요. 어릴 때 많이 먹었어요. 그리고 어머니가 정말 좋아하세요."

"맛있게 드셨으면 좋겠네요. 실은 내가 얼마 전까지만 해도 식당을 꽤 크게 했었거든요. 종종 손님 줄간식으로 빵을 만들었어요. 식당이 망하고 뭘 할까궁리하다가 이렇게 나오게 됐답니다. 이래 뵈도 맛은 괜찮을 거예요. 손주들도 맛있다고 난리거든요.비록 내가 빵 장사는 처음이지만…."

봉지를 건네받고 차에 오르는 순간 "처음"이라는 말에 잠시 멈칫했다. 내가 감히 짐작할 수 없는 마음가짐과 아득한 사연이 노릇한 술빵에 녹아 있는 듯했다.차 안에 가득 채워진 빵 냄새를 맡으며 나는 기억의시계를 거꾸로 돌렸다. 학교를 졸업하고 우여곡절끝에 취업해서 첫 출근을 하던 날이었다. 건강이 좋지 않은 어머니의 새벽잠을 깨우기 싫었던 나는 고양이처럼 살금살금 현관을 나서며 재킷 안주머니에손수건이 있는지 확인했다. 꾹꾹 눌러 접은 종이가손에 잡혔다. 하얗고 빳빳한 편지지 한가운데에 짧은 문장이 조각배처럼 떠 있었는데, 읽자마자 가슴이 내려앉았다.

"그동안 애썼다, 기주야. 그리고 고맙구나."

처음이라는 장벽 앞에서 설렘과 두려움을 동시에 느끼며 걸음을 떼지 못할 때마다, 내 몸과 마음을 쓰다듬은 건 세계적인 석학의 조언이 아니라 주변 사람들이 건네준 따뜻하고 단출한 문장이었다. 이날도 그랬다. 어머니가 몰래 넣어둔 편지 한 장에 내 마음은 멈칫했다. 읽을수록 향기가 풍겨 나오는 문장에 난 진종일 붙들려야 했다.

첫 만남, 첫 등교, 첫 출근… '처음'이라는 수식어가 붙는 일, 특히 여태 만나보지 않은 사람과 대면하는 일을 앞두고 우린 길을 잃은 사람처럼 주변을 두리번거리기 마련이다. 그리고 대개는 '이렇게 말하면 날 어떻게 생각할까?', '첫날부터 실수하는 건 아닐까?' 염려하면서 첫인상에 신경을 쓰곤 한다.

첫인상은 짧은 시간에 머리와 마음에 새겨지는 찰나의 느낌이다. 일반적으로 낯선 타인에 대한 첫인상을 호감과 비호감으로 분류하는 데 걸리는 시간은 1분 남짓이라고 한다. 첫인상은 순식간에 생겨나지만 생명력만큼은 끈질기다. 부정적으로 형성된 첫인상을 긍정적인 인상으로 바꾸려면 40시간 이상이 필요하다는 연구 결과도 있다.

사람의 첫인상이 대인 관계에 상당한 영향을 끼치듯, 첫 문장은 증기를 뿜으며 달리는 기관차처럼 문단을 이끌어나가는 견인력을 발휘한다.

특히 소설의 경우 주인공의 독백이나 상징적인 사건을 도입 부분에 내세우는 경우가 많다. 알베르 카뮈의 《이방인》에는 "오늘, 엄마가 죽었다. 아니 어쩌면 어제였을지도 모른다"는 간결하고 강렬한 첫 문장이 박혀 있다.

첫 페이지에서 이를 접한 독자는 엄마의 죽음을 대하는 주인공의 심리를 짐작하는 것은 물론, 이야기가 어떤 분위기로 흘러갈지를 어렴풋하게 상상하며 소설을 읽어나가게 된다.

작가가 직면한 현실이 첫 문장에 고스란히 드러나는 경우도 있다. 어니스트 헤밍웨이는 《노인과 바다》의 도입 부분에 200번 넘게 수정한 문장을 깃발처럼 꽂고 영토를 확장하듯 이야기를 펼쳐나간다.

"그는 멕시코 만류에서 작은 배를 타고 혼자 고기를 잡는 노인이며, 84일이 지나도록 한 마리도 낚지 못했다."

소설의 주인공 산티아고는 80일 넘게 고기를 잡지 못한 어부다. 패배에 익숙해질 만도 하건만 여전히 그는 작은 배에 몸을 싣고 노를 저어 바다로 향한다. 산티아고의 처지와 이 책을 집필하던 시기에 헤밍웨이가 직면한 상황은 꽤 유사하다.

《무기여 잘 있거라》,《누구를 위하여 종은 울리나》 등으로 세계적 작가가 된 헤밍웨이는 1950년에《강 건너 숲속으로》라는 책을 출간했으나 이렇다 할 반 향을 일으키지 못했다.

"이제 헤밍웨이는 끝났다"는 가혹한 비평에 시달리 던 그는 자신의 어깨를 짓누르는 부담감에서 벗어나 기 위해 펜을 내려놓는 대신 글쓰기라는 자신의 바 다로 돌아오는 선택을 했다. 마치 망망대해에서 홀 로 낚싯줄을 드리우는 산티아고처럼, 헤밍웨이는 1952년 슬럼프와 세간의 혹평을 밀쳐내고《노인과 바다》를 내놓았다.

헤밍웨이뿐 아니라 모든 작가는 독자의 가슴에 가닿 는 도입부를 쓰기 위해 펜촉을 겨냥한다. 첫 문장은 말 그대로 작가와 독자가 처음으로 대면하는 순간이 기 때문이다.

다만 머리와 마음에 떠다니는 생각과 감정을 낚아서

언어의 형태로 전환하고 그것을 적절한 위치에 배치하기란 쉽지 않은 일이다.

40년 넘게 프랑스 문학을 번역해온 김화영 고려대 명예교수는 번역 후기 모음집인《김화영의 번역수첩》에서 "나는 늘 글의 첫 문장을 시작하는 것이 두렵다"고 했다. 평생 문장을 다듬고 매만진 노학자의 입에서 나온 말이기에 더욱 무게를 갖는다.

그나마 다행인 건, 첫 문장이라는 새싹을 노트북과 원고지에 심을 때 나름대로 효율적인 방법이 있다는 사실이다.

한정된 지면과 화면을 알뜰히 사용해야 하는 기자들의 사례를 참고해볼 만하다. 상당수 기자는 정원사가 가지치기하는 것처럼, 취재로 얻은 방대한 텍스트에서 불필요한 내용을 잘라내고 사건의 본질에 해당하는 고갱이를 뽑아 기사의 리드lead, 즉 첫 번째 문장을 작성한다.

이는 첫 문장이 질서도 계통도 없이 난삽하게 뻗어나가 독자와 시청자를 혼란스럽게 만드는 것을 방지하기 위한 목적으로, 글의 핵심을 한두 줄로 요약해 서두에 제시하는 '압축형 리드', 의문형 문장을 제시해 독자의 호기심을 자극하는 '질문형 리드', 관계자나 등장인물의 증언과 고백을 활용해 생동감을 높이는 '인용형 리드' 등이 있다.

언론인 출신 작가인 조지 오웰의 첫 문장 하나를 톺아보자. 그의 대표작《1984》는 아래와 같이 시작되면서 독자의 시선을 붙잡는다.

"It was a bright cold day in April, and the clocks were striking thirteen."

여기서 문장 뒷부분의 "The clocks were striking thirteen"은 '시계가 열세 번 울렸다' 또는 '괘종시계가 13시를 알렸다' 정도로 해석할 수 있다. 학창 시절 이 문장을 읽자마자 고개를 갸웃했다. '13시? 무

슨 소리지?', '괘종시계가 13시를 가리킬 순 없잖아?'
라는 의문이 내 머릿속을 헤집어놓았다.

문장의 틀을 바꿔놓고 보면 조지 오웰의 노림수를
짐작할 수 있다. 아래 두 문장을 들여다보자.

[가] 괘종시계가 13시를 알렸다.

[나] 괘종시계가 무려 열세 번이나 울릴 정도로 비
정상적이고 암울한 세상이다. 이곳에서 인간은 일개
기계 부품처럼 취급당한다. 전지전능한 '빅 브라더'
가 텔레스크린 너머로 개인의 일거수일투족을 감시
한다.

올더스 헉슬리의 《멋진 신세계》와 함께 디스토피아
소설의 양대 산맥으로 꼽히는 《1984》는 빅 브라더
의 통제에서 벗어나기 위해 몸부림치는 인류의 이야
기를 다뤘다.

만약 조지 오웰이 [나]처럼 서두에서 너무 많은 정
보를 나열했다면 어떻게 됐을까? 아마 범인을 알려

주고 시작하는 추리소설처럼 맥 빠진 분위기로 이야기가 흘렀을 것이다.

다행히 조지 오웰은 독자에게 과잉 친절을 베풀지 않았다. '이렇게 생각해라, 저렇게 느껴라' 강요하지도 않았다. 그는 [가]와 같이 문장을 절제함으로써 오히려 독자의 머릿속을 가득 채웠다. 독자 스스로 소설의 배경과 상황을 상상하도록 유도한 것이다.

이쯤에서 오래된 기억 한 토막을 보태련다. 시간에 쫓기지 않는 직업이 어디 있겠냐마는, 한때 취재 기자로 일하던 시절 다양한 부처를 출입하며 분주한 나날을 보내야 했다. 오전에 삼각지에 있는 국방부로 출근해 속보를 작성하고 점심을 거른 채 통일부 기자실로 넘어간 날이었다. 그날따라 온갖 업무가 내게 떠밀려왔다.

막막한 상황이었다. '막막하다'고 할 때 '막'의 한자가 사막 막漠이기 때문일까. 작열하는 태양 아래 짐을 지고 황량한 사막을 걸어가는 낙타가 된 기분이었다.

째깍째깍. 마감 시간이 목을 죄어올수록 머릿속이 하얗게 변해갔다. '도대체 어떤 문장으로 시작해야하지?' 첫 문장이 떠오르지 않았다. 겨울에 출근을 위해 오래된 디젤 차량의 시동을 걸었는데, '컬컬컬' 소리와 함께 갑자기 배터리가 나간 것처럼 난감하기 그지없었다.

나도 모르게 노트북에 고개를 처박고 땅이 꺼지도록 한숨을 토해냈다. 그러자 한 선배가 캔 커피에 너그러운 미소를 얹어서 건네며 말했다.

"기주야, 괜찮아? 취재 다 했다면서."

"그게, 첫 문장이 안 떠올라서요."

"그래? 그럼 두 번째 문장부터 쓰면 되잖아. 기운 없을 땐 억지로 힘내지 마. 가끔 힘 빼도 괜찮아…."

이 농담 같기도 하고 진담 같기도 한 당부가 어찌나

크게 다가오던지…. 순간 "힘 빼"라는 짧은 문장이
날 살포시 안아주는 것 같았다.

국경과 시대를 초월해서 독자의 마음을 건드리는 훌
륭한 리드까지는 아니더라도, 꽤 인상 깊은 리드를
쓰겠다고 몸부림을 치는 과정에서 벌겋게 달아오른
신열이 그 한마디에 쑥 내려가는 듯했다. 덕분에 난
첫 문장에 대한 부담감을 잠시 내려놓고 기사를 마
무리할 수 있었다.

살다 보면 몸과 마음에 그림자처럼 달라붙어 우리를
놓아주지 않는 두려움이 있다. 키보드에 손을 얹고
살아가는 사람들이 느끼는 첫 문장에 대한 근심과
공포도 마찬가지일 것이다.

완벽하게 벗겨낼 수 없는 두려움이라면 가슴 깊은
곳에 구겨 넣어서, 그것이 함부로 고개를 들지 못하
도록 조련을 해보는 건 어떨까 하는 생각도 든다.

첫 문장에 대한 두려움은 있는 힘을 다해 싸우거나

극복해야 하는 대상이 아니라 그저 적당히 품고 지내야 하는 건지도 모른다. 글쓰기의 일부로 여기면서 말이다.

도
장

깨달음이 솟아나는 장소가 있는가

　　　　　　"어떤 이유로 기자를 그만두고 작
가의 길로 접어들었나요?"

얼마 전 식사 자리에서 이런 질문이 날아들었다. 몇
마디 대답으로 한 사람이 지나온 삶의 여정을 설명
하는 건 불가능한 일이지만, 지인들이 모인 자리에
서 묵비권을 행사하는 것 또한 온당하지 않다는 생
각이 들어서 나는 다음과 같이 말했다.

"일이 싫어서 기자를 그만둔 건 아닙니다. 비유하자
면, 좀 더 자유롭게 헤엄치고 싶었다고 할까요. 기자
시절에는 기록을 재기 위해 오로지 자유형 영법으로
만 실내 수영장 레인을 왕복했던 것 같아요. 하지만
작가는 수영장이 아니라 바다에서 팔과 다리를 자유
롭게 휘저으며 헤엄치는 사람이죠. 게다가 다른 사
람과 속도를 겨룰 필요도 없잖아요."

작가는 자유로운 직업이다. 삶의 이쪽에서 저쪽으
로 어떤 원칙도 형식도 없이 자기만의 방식으로 자

유롭게 건너갈 수 있다. 누군가 "이기주 작가는 다시 태어나도 작가가 되고 싶으세요?" 하고 물으면 나는 잠시 고민하는 척은 하겠지만 결국 "물론입니다"라고 답할 것 같다.

다만 작가는 게을러지려면 정말 엄청나게 게을러질 수 있는 직업이기도 하다. 평소 알고 지내는 작가作家 중에 남들 다 일하는 대낮에 술 약속을 잡기 위해 각고의 노력을 기울이는 작가酊家가 적지 않다는 사실이 이를 방증한다.

작가는 대표적인 프리랜서 직업이다. 우리나라에선 프리랜서! 영미권에선 프리랜스! 이는 얼핏 세련된 단어 같지만 서늘한 단어이기도 하다.

중세 시대 유럽의 영주는 어떤 단체에도 소속되지 않은 자유로운free 용병과 계약을 맺는 경우가 많았다. 전쟁이 나면 용병은 긴 창lancer을 들고 나타나 영주 대신 싸웠다. 지금은 프리랜서가 자유 계약직

종사자를 일컫는 말이지만, 과거엔 '대신 피를 흘리며 싸우는 용병', '쓸 만한 창을 소유한 병사' 정도의 뜻으로 사용됐다.

중세의 용병과 프리랜서 작가의 숙명은 묘하게 닮았다. 전장에서 피를 흘리며 창을 휘두르는 것이 용병의 임무인 것처럼, 프리랜서로 일하는 작가는 책상에 앉아 생각과 감정을 소모하며 자판을 두드린다. 지난날 예리한 창과 튼튼한 방패를 지닌 용병이 전장에서 살아남을 가능성이 높았듯이, 자기만의 리듬을 잃지 않고 적당한 긴장감을 유지하는 작가만이 꾸준히 책을 펴낼 수 있다.

용병도 작가도 긴 생명력을 지니려면 나름의 경쟁력을 확보해야 한다. 특히 전업 작가로 살아가기 위해선 녹록지 않은 현실의 벽을 넘어야 한다.

출판 시장은 전보다 진입 장벽은 낮아졌을지언정 레드 오션이 된 지 오래다. 독서 인구는 늘지 않고 작가는 범람한다. 독자의 선택과 부름을 받기 위한 경쟁은 갈수록 치열해지고 있다. 어떻게 해야 이런 현실을 뚫고 작가로서 지속 가능한 삶을 이어갈 수 있을까.

단련 없이는 병장기의 날이 서지 않는 법. 나는 매일 '나만의 도장'에서 나를 둘러싼 현실에 촉수를 드리우며 글감을 찾거나 문장을 담금질한다.

우리가 흔히 사용하는 '도장道場'이란 단어는 본래 '도장수道場樹'의 줄임말이다. 도장수는 키가 30미터 정도 되는 거대한 활엽수인데 과거에는 보리수로 불렸다. 이 나무 밑에서 석가모니가 깨달음을 얻었다. 이후 불교가 널리 퍼지면서 도장은 개인이 심신을 단련하는 장소를 가리키는 말이 됐다.

내가 수련하는 도장은 크게 두 갈래로 나뉜다. 문장을 수집하는 곳, 그리고 문장을 정제하는 곳이다.

나는 사무실이 따로 없다. 낮에는 '맥북에어', 'LG그램' 같은 가볍고 얇은 노트북을 창처럼 움켜쥔 채 서점과 서점 근처에 있는 카페를 어슬렁거리며 대화를 채집하고 글감을 수렵한다.

본디 작가는 글의 소재와 문장을 모으는 사람이다. 언뜻 평범해 보이지만 정작 손을 뻗어서 잡아본 적 없는 글감을, 실제로 종이에 써본 적 없는 글귀를 낚아채 자신만의 저장고에 차곡차곡 넣어둬야 한다. 집필 과정에서 언제든 꺼내 쓸 수 있도록 말이다.

맨부커상과 노벨 문학상을 모두 받은 소설가 네이딘 고디머는 "감옥에서도 글을 쓸 수 있으므로 작가에게 풍경은 필요하지 않다"고 말한 바 있다.

하지만 난 아직 그런 경지에 이르지 못해서인지 발품을 팔아야만 글감을 찾는 편이다. 덧없이 흘러가는 구름이든 바람결에 춤을 추는 나뭇잎이든 내 눈동자에 뭔가를 담아야 직성이 풀린다.

글감을 찾는 일은 기차역 사물함에 보관한 물건을 찾는 것이 아니라, 해변을 걷다가 우연히 독특한 모양의 돌멩이를 발견하는 일에 가깝다. 한곳에 말뚝을 박고 정주하기보다 사막을 떠도는 유목민nomad처럼 자유롭게 장소를 이동할 때 우연 속에서 의미 있는 글쓰기의 재료를 획득할 수 있다.

로맨스 드라마에 자주 나오는 대사 중 "좋은 구두는 당신을 좋은 곳으로 데려다준다"는 문장이 있다. 이는 필시 구두 회사가 간접 광고를 할 때 슬쩍 집어넣은 대사가 분명해 보이는데, 어쨌든 이를 작가의 입장에서 조금 비틀어도 충분히 말이 될 거라고 본다.

"좋은 공간은 작가를 좋은 문장으로 데려다준다."

물론 '좋은 공간'의 의미는 단순히 쾌적한 곳이 아니라, 몸과 마음이 편안해지는 안식처이자 창의력과 집중력이 향상되는 창작의 공간을 의미할 것이다.

머릿속에서 빠져나온 문장이 손가락 사이로 흩어지지 않고 차분히 쌓이는 곳, 일상에서 얻은 깨달음과 아이디어가 솟아나 "등잔 밑이 어둡다"는 속담을 가르며 사방으로 쭉쭉 뻗어나가는 곳 말이다.

광화문 사거리에 위치한 '포비FOURB'라는 카페는 내게 그런 장소다. 이렇다 할 생각이나 글감이 떠오르지 않으면 나는 이곳에서 베이글과 커피를 시켜놓고 커다란 통창으로 거리를 내다보거나 카페 안에서 벌어지는 사소한 장면을 관찰한다.

그렇게 한동안 눈과 귀로 주변의 풍경과 소리를 흡수하다 보면, 내 안으로 뭔가 의미 있는 것들이 흘러들어오는 느낌이 든다. 언젠가 내 글로 옮겨질 그 무엇이….

카페가 문장을 모으는 도장이라면, 서점은 마음을 다독이고 다스리는 도장이다. 특별한 일이 없는 날이면 점심을 먹은 후 노트북을 챙겨 서점으로 향한다. 문학과 인문 코너를 배회하다가 내 책을 읽는 독자가 보이면 슬쩍 인사를 건네기도 한다.

그때마다 "정말 이기주 작가 맞죠?", 《말의 품격》을 잘 읽었는데 실천하기는 어렵더군요", 《언어의 온도》를 보면 페이지마다 잉크 자국이 있는데 그건 어떤 의미죠?", "신간은 언제 나와요?" 같은 의견과 질문에 휩싸이곤 한다.

그러면 원고를 쓰느라 까맣게 타버린 마음이 환해지는 느낌을 받는다. 어두운 밤길을 홀로 걷고 있는데 누군가 햇불을 들고 나타나 "이리 오세요" 하고 손짓을 하는 것 같다.

"배부르면 눕고 싶고, 누우면 자고 싶다"는 말이 너무 당연하게 여겨질 때, 그러니까 나태와 게으름이 내 안에서 꿈틀거릴 때도 나는 서점을 찾는다.

책이 빼곡히 꽂혀 있는 서가에는 책뿐만 아니라 세월이 꽂혀 있다. 책을 쓴 저자와 편집자와 출판 디자이너와 서점 직원의 시간과 눈물이 뒤엉켜 있는 '세월의 덩어리' 앞에서 오만과 교만은 자취를 감춘다. 서가는 늘 나를 겸허하게 만든다.

취재 기자들 사이에선 "아이스크림은 녹기 전에 먹어야 한다"는 말이 회자한다. 세 살짜리도 알 법한 당연한 말이지만, 이는 글감의 속성을 단적으로 설명하는 말이기도 하다.

어떤 소재는 너무 오래 묵혀두면 쓸모를 잃고 기억밖으로 사라진다. 그것이 증발하기 전에 집필執筆, 즉 붓을 잡고 시간을 들여 구체적인 문장으로 전환할 필요가 있다. 아이스크림처럼 스르르 녹아버리기전에.

창작의 기운이 샘솟는 장소는 작가마다 다른 듯하다. 영화 〈로마의 휴일〉로 아카데미 각본상을 받은 돌턴 트럼보는 술집과 욕실에서 술과 커피로 몸을 가득 채워가며 시나리오를 썼다. 은둔자의 삶을 산 에밀리 디킨슨은 말년에 거의 외출하지 않고 2층 창문으로 세상을 내다보며 시를 적었다.

《수상록》으로 유명한 프랑스의 사상가 몽테뉴는 서

른일곱의 나이에 공직에서 물러나 자신의 영지에 있는 '치타델레'라는 원형 탑에 틀어박혔다. 그곳에서 그는 오로지 자신의 영혼만을 돌보며 책을 읽고 집필에 몰두했다.

내가 노트북에 코를 박을 정도로 몰입하면서 문장을 가다듬는 곳은 우리 집 다락방이다. 제련소에서 용광로에 광석을 녹여 금속을 분리하듯, 나는 저녁 식사를 마치고 다락방에 올라가면 머릿속에 맴도는 글귀에서 불순물을 걸러내 중요한 고갱이만을 문장으로 옮기기 시작한다.

책상에 앉자마자 은행 ATM처럼 문장을 토해내는 건 아니다. 집중력을 끌어올리는 나만의 예열 과정을 밟거나 의식을 행한다.

다락방에 들어서면 나는 검은색 수성 펜과 적당히 뾰족하게 깎은 '블랙윙' 연필이 책상 위에 온전히 있는지 확인하고 창문 커튼을 딱 절반만 젖힌다. 그런 다음 진한 아메리카노를 마실지 아니면 우유를 넣은 부드러운 라테를 마실지 결정한다.

호흡을 가다듬고 따듯한 커피를 두 모금 정도 마신 다음 무조건 컴퓨터에 손을 얹는다. 이때 들이켜는 커피는 일종의 스위치다. 이 보이지 않는 장치를 누르는 순간 나는 번잡한 동작을 모두 멈추고 오로지 글을 쓰는 일에 몰입한다.

거뭇한 키보드에서 "타닥, 타다닥, 타다다다닥~" 소리가 경쾌하게 흘러나오면 창작열이 갑자기 활활 타오르지는 않더라도, 손가락 끝에서 뭔가 수상한 일이 벌어질 것 같은 느낌이 든다. 최소한 지금보다는 뭔가 나아질 것 같은 예감이….

난 나만의 도장에서 이 묘하고 달콤한 예감을 도복처럼 껴입은 채 글쓰기의 근육을 단련하고 작가의 삶을 이어가는 것 같다.

지금도 나쁘지 않지만 앞으로 더 좋아질 것 같은 예

감이 드는 순간 우린 살아가는 동력을 얻는 법이다.
계절과 감정과 인연만 그러할 리 없다. 글쓰기에서
도 마찬가지다.

관찰

글감을 찾고 본질을 캐내는 과정

황금으로 된 종鐘이 묻혀 있다고 해서
황종노黃鐘島로 불리는 섬이 있었다.

보물 사냥꾼들이 긴 항해 끝에 섬에 당도했다.
그들은 금속 탐지기로 섬 곳곳을 샅샅이 뒤졌다.
황금 종의 흔적은 어디에도 보이지 않았다.
지칠 대로 지친 사냥꾼의 우두머리가 외쳤다.
"악마가 종을 숨겨놓기라도 한 것인가!"

분이 풀리지 않은 그는 하늘로 탐지기를 내던졌다.
허공을 가르며 낙하한 탐지기가 땅에 닿는 순간,
사냥꾼들이 이제껏 들어본 적 없는
깊고도 웅장한 종소리가 길게 울려 퍼졌다.
실은 섬 전체가 커다란 종이었다.

보물을 차지하겠다는 욕심에 마음이 단단히 묶여 있
었기 때문일까. 사냥꾼들은 섬의 모양과 형세를 파

악하지 않고 오로지 황금 종만 찾아 헤맸다. 섬을 둘러보며 지형을 관찰하기만 했어도 보물의 정체를 쉽게 알아차릴 수 있었을 텐데 말이다.

관찰의 중요성은 동서고금을 막론하고 늘 강조돼왔다. 한자 볼 '견見'은 사람 인人 위쪽에 눈 목目 자를 올려놓은 구조다.

무슨 뜻일까. 인간은 눈이 크다? 얼추 비슷하다. '사람이 가장 많은 정보를 습득하는 창구는 눈이다' 혹은 '삼라만상을 관찰하는 것은 인간 행위의 근간이다' 정도로 풀이할 수 있다.

미국 예일대 의과대학에선 "명의名醫가 되려면 명화名畵를 감상해야 한다"는 말이 회자한다. 이 대학의 어윈 브레이버먼 교수는 미술 교육을 받은 학생이 그렇지 않은 학생에 비해 환자를 진단하는 능력이 뛰어나다는 연구 결과를 내놓은 바 있다. 그림 감상 수업을 통해 관찰력이 높아지면서 환자의 상태를 종합적으로 진단하는 능력도 향상됐다는 설명이다.

글쓰기에서도 관찰의 과정은 생각의 폭을 넓히는 데 도움이 된다. 주변 사물과 현상을 섬세하게 살피는 사람일수록 일상에서 글감을 수월하게 건져 올린다.

서울 도심을 흐르는 청계천이 복원될 무렵이었다. 당시 수습 기자를 뽑던 한 신문사가 청계천 근처에서 실무 평가를 진행했다. 서류 전형과 필기시험을 통과한 지원자들이 집결할 즈음, 시험 감독을 맡은 시경 캡*언론사에서 서울지방경찰청을 출입하며 취재하는 사회부 팀장*이 코트 자락을 휘날리며 나타났다. "이곳에서 르포 기사를 쓰면 됩니다. 90분 뒤 만납시다!"

말이 떨어지기 무섭게 응시자들은 기자가 되겠다는 일념 하나로 청계천 일대를 정신없이 뛰어다녔다. 걸음을 옮기며 수첩에 뭔가 끄적이는 사람이 있는가 하면 청계천에 손을 찔러 넣으며 획획 휘저어보는 이도 있었다.

이날 어떤 유형의 기사를 쓴 지원자가 높은 점수를 얻었을까? 기사는 크게 두 부류였다.

[가] 청계천이 새로운 휴식 공간으로 자리 잡았다.

[나] 청계천 복원 후 개선해야 할 사항은 없는가?

이미 많은 언론에서 쏟아낸 [가]와 같은 기사는 후한 점수를 얻지 못했다. 누구나 쓸 수 있다는 이유 때문이다.

'복원 공사로 시각 장애인용 점자 블록이 훼손됐다', '휴식 공간만 있고 휴지통은 없네'처럼 응시자가 직접 관찰하고 경험한 것을 적절히 녹여낸 기사가 상대적으로 좋은 평가를 받았다.

무조건 발품을 판다고 해서 이런 글감을 발굴할 수 있는 건 아니다. 답 너머의 답을 내다보며 뻔해 보이는 사안의 속살을 들춰야만 가능한 일이다. 점자 블록을 걸으면서 시각 장애인의 보행권을 헤아려보거나, 빈 캔을 들고 거리를 배회하면서 다수가 당연하게 받아들이는 사실 뒤에 무엇이 숨어 있는지 살펴보는 식으로 말이다.

《뉴로맨서》,《카운트 제로》등의 작품으로 알려진 소설가 윌리엄 깁슨은 "미래는 이미 우리 곁에 와 있다. 단지 널리 퍼져 있지 않을 뿐이다"라고 했다.

나는 이 문장을 접할 때마다 "그래, 글쓰기의 재료도 이미 우리 곁에 와 있지. 단지 널리 퍼져 있지 않을 뿐이야" 하고 되뇌면서 내가 미처 알아채지 못한 글거리가 주변에 널브러져 있지는 않은지 사방을 두리번거린다.

내게 글감은 관찰의 산물이다.

내가 책에 담은 내용 중 상당수는 책상 앞에서 '번쩍'하고 솟아난 게 아니라 관찰이라는 그물을 당기는 과정에서 함께 건져 올린 것들이다. 삶이라는 마르지 않는 바다를 찬찬히 들여다봄으로써 찰나에서 본질을, 하찮은 것에서 소중한 것을 발견할 수 있었다. 한강 둔치를 거닐면 강물의 노래를 받아 적었고, 대중교통에 몸을 실으면 사람들의 표정을 읽었다. 눈에 밟히는 장면이 있으면 에버노트 같은 메모 앱에 집어넣었다. 장소와 상황은 구체적으로 적었다. 컴퓨터와 휴대폰에 욱여넣은 찰나의 순간을 손쉽게 끄집어내려면 애초에 품을 들여 저장하는 게 좋다.

삶은 내 곁을 맴도는 대상들과 오해와 인연을 맺거나 풀어가는 일이다.

다만 내가 《한때 소중했던 것들》에 적은 "꽃이 아름다운 이유는 그 꽃이 영원히 피어 있지 않기 때문이다"라는 문장처럼, 늘 곁에 머물러줄 것 같은 이들도 언젠가는 세월의 칼날에 인연이 끊어지면 아득한 곳으로 자취를 감춘다. 그러면 오해를 풀 수 있는 기회도 허공으로 흩어진다.

그러므로 가까이에서 손을 뻗어 어루만질 수 있을 때 온 감각을 깨워서 상대를 관찰하고 느껴야 한다. 시간이라는 강물에 휩쓸려 떠내려가기 전에 서로를 들여다보고 헤아려야만 한다. 그리움과 후회를 뼛속에 새겨 넣지 않으려면.

일찍이 자기만의 글쓰기 세계를 구축한 시인과 작가들은 주변과 타인을 응시하는 노력이 필요하다고 강조했다. 특히 프랑스 문단에서 천재로 불리던 아르튀르 랭보가 남긴 "시인은 견자見者가 되어야 한다"는 문장을 곱씹어볼 만하다.

'견자'는 말 그대로 '보는 사람'이다. 그냥 보는 것이 아니라 사물과 상황의 본체를 꿰뚫어보는 투시자voyant이며, 다른 사람들이 보지 못하는 현상 너머의 본질을 캐내는 관찰자observer인 동시에, 아직 도래하지 않은 시대를 미리 내다보는 선견자seer라고 할 수 있다.

견자의 모범은 먼 데서 찾을 필요가 없다. 충무공 이순신이야말로 탁월한 견자이자 성실한 관찰자였다. 이순신 장군은 전투를 치르면서 겪은 다양한 일과 전장에서 품은 고뇌뿐 아니라 그날그날의 기상 상태까지 《난중일기》에 적었는데, 비가 오는 날이면 강

수 형태를 십여 가지로 나눠 세밀하게 기록했다.

적당히 내리는 비는 우雨, 종일 내리는 비는 우우雨雨, 가랑비는 세우細雨, 이슬비는 소우小雨, 안개비는 연우煙雨, 소나기는 취우驟雨, 장시간 하염없이 내리는 비는 음우陰雨, 거센 바람을 동반한 비는 대풍우大風雨라고 적었다.

새벽녘에 찬 바람을 맞으며 검푸른 바다에 떨어지는 빗방울을 관찰하는 동안 충무공의 머릿속엔 다양한 전술과 전략의 밑그림이 그려졌을지 모른다.

이순신 장군이 세계 해전사에 남을 여러 전투를 승리로 이끈 배경에는, 뛰어난 리더십과 사즉생死則生의 결의뿐 아니라 날씨의 변화 등을 체계적으로 기록하고 분석한 견자로서의 자취가 깃들어 있다고 봐도 무방하지 않을까 싶다.

오래전 2호선 을지로입구역에서 목격한 장면이다. 한 여성이 휠체어 리프트를 작동하고 있었다. 공익근무 요원이 옆에 있었지만 리프트에 익숙한 그녀가

기기를 직접 조작하는 것처럼 보였다.

그녀를 곁눈질하며 계단을 오르던 중년 남성이 불쑥 말을 걸었다. "아가씨, 내가 도와줄게요!" 그러자 주변에 있던 사람들이 비둘기 떼처럼 모여들었고 누군가 "휠체어를 들어서 옮겨줍시다" 하고 외쳤다.

행인들의 시선과 수런거림이 여자를 에워싸기 시작했다.

난 걸음을 멈추고 그녀의 표정을 들여다봤다. 낯빛이 하얗게 굳어진 걸 알 수 있었다. '혼자 충분히 할 수 있는데…' 하는 표정이었다. 선의에서 비롯된 행동이 오히려 그녀를 곤란하게 만든 듯했다.

그녀가 원한 진짜 도움은 무엇일까. 어쩌면 사람들의 관심이 아니라 무관심을 원했던 것 아닐까.

중년 남성이 곁눈으로 대충 보지 않고 잠시 얼굴을 돌려서 여자가 리프트를 조작하는 모습을 제대로 살펴봤다면? 섣부른 친절을 베풀기보다 잠시 떨어져 지켜보거나 "도움이 필요하세요?" 하고 질문을 건네지 않았을까.

'인간人間'은 사람 인人과 사이 간間이 합해진 글자
다. 사람과 사람 사이에는 쉽게 메울 수 없는 간격이
존재한다.

다만 한 발짝 다가가 가까이에서 상대를 바라보면,
떨어져 있을 땐 보이지 않던 것이 보이곤 한다. 서로
에 대해 몰랐던 걸 인식하는 과정에서 둘 사이의 간
격은 좁혀지고 편견은 줄어든다. 때론 관찰이 사람
사이에 있는 허공과 우주를 틀어막는다. 어쩌면 일
상에서 관찰이라는 스위치가 '딸각'하고 들어오는
순간, '나'를 둘러싼 세계와 새로운 관계를 맺게 되
는지도 모를 일이다.

기억

누구나 과거를 되씹으며 살아간다

다락방에서 책을 정리하다 구석에 방치된 동화책 꾸러미를 발견했다. 먼지를 떨어내고 책장을 넘기자 오래된 종이에서 솟아나는 부스럭부스럭 소리와 퀴퀴한 냄새가 귀와 코로 밀려 들어왔다.

순간, 어린 시절 아버지와 주고받았던 대화가 기억 저편에서 가물거렸다.

초등학교에 입학하던 해 종로에 있는 헌책방에 아버지를 따라간 적이 있다. 그곳에서 《플란다스의 개》와 《오즈의 마법사》를 시간 가는 줄 모르고 읽었다. 집에 가기 싫다며 떼를 쓰던 나는 결국 수십 권짜리 동화 전집을 끌어안고 나왔다. 아버지는 "다 읽으면 또 사줄게" 조곤조곤 말했고 난 "응응" 하며 고개를 끄덕였다. 내가 책과 연결되기 시작한 날이었다.

그러던 어느 날 TV에서 한 문학평론가가 열변을 토하는 모습을 보았다. 그는 미간을 찌푸리며 말했다.

"많은 사람이 어린 시절 한 번쯤 읽어본《오즈의 마법사》는 소녀의 성장 이야기가 아니라 미국의 화폐 제도를 다룬 정치적 우화입니다. 사실 '왕자와 공주는 행복하게 살았습니다'라는 식으로 마무리되는 동화 중 상당수가 현실을 풍자하기 위한 목적으로 창작됐죠."

난 평론가의 말뜻을 제대로 이해할 수 없었지만, 왠지 모를 배신감에 입술을 바들바들 떨었다. 한동안 동화책을 거들떠보지 않았다.

내가 동화책과 멀어질 즈음, 그러니까 초등학교 2학년에 올라갈 무렵이었다. 헌책방에서 가져온 책을 다 읽으면 또 사주겠다는 약속을 지키지 못한 채 아버지는 황망히 가족 곁을 떠났다.

세월의 터널을 통과한 나는 작가가 되었다. 삶에 부대끼고 미끄러지면서 생각과 감정의 무늬를 나만의 문장으로 옮기며 살아가고 있다.

수십 년 전 책과 나를 연결해준 아버지는 집에 가기

싫다고 떼쓰던 철부지 꼬마가 훗날 작가가 될 거라는 걸 짐작이나 했을까? 모르겠다. 부질없는 생각이다. 아버지께 질문을 건넬 수도, 내 책을 전할 수도 없는 노릇이다.

그저 동화책에 묻은 먼지를 종종 떨어내면서 기억 속에 남아 있는 아버지의 흔적을 매만지는 수밖에. 그렇게 슬며시 추억 속으로 빨려 들어가 아버지와 함께 걸을 때 종로 거리에 내리꽂히던 맑은 햇살과 늦은 밤 책방을 나서는 순간 세상을 환하게 비추던 보름달을 떠올려보는 수밖에….

'삶'은 동사 '살다'의 어간에 명사형 어미 '-ㅁ'을 붙여서 만든 명사다.

그저 들숨과 날숨을 번갈아 쉬면서 생명을 유지하는 상태가 아니라 의미와 의지를 갖고 영위해나가는 동적인 과정이 삶이다.

단, 삶은 유한하다는 불변의 진리 앞에서 인간은 무

력한 존재다. 비관적인 시각으로 보면, 삶은 죽음으로 향하는 여정이다. 살아가는 일은 서서히 사라지는 일이기도 하다. 내가 먼저 사라지느냐, 나를 둘러싼 사람과 관계가 먼저 사라지느냐 하는 차이만 있을 뿐이다.

사라짐과 헤어짐은 그리움을 낳는다. 이별을 곧바로, 결연하게 받아들이는 사람은 드물다. 떠나는 사람의 뒷모습을 바라보며 눈물로 애도하거나 마음속 은밀한 곳에 '기억의 서랍'을 만들기 마련이다.

이를테면 과거에 대한 향수는 기억의 맨 위 칸에, 사랑했던 사람에 대한 미련과 끝내 전하지 못한 마음은 가운데 칸에, 하늘로 떠나보낸 부모와 자식을 향한 애틋함은 제일 아래 칸에 꾹꾹 눌러 담으면서 말이다.

그런 면에서 '기억'과 어울리는 동사는 '잊다'가 아니라 '접다'가 아닐까 하는 생각도 든다. 세월의 흐름 속에서 자연스레 잊히는 기억이 있지만, 사랑과 이별로 얼룩진 기억만큼은 종이학처럼 곱게 접힌 채 마음속 한구석에 보관되니 말이다.

마음의 밑바닥에 접어둔 기억은 살아가는 동안 숱한 계기에 의해 수없이 되살아난다. 기억은 돌돌 말아서 반듯하게 정리해놓은 속옷이 아니라, 살아 있는 생물 같아서, 때때로 제자리를 벗어나 마음속을 제멋대로 돌아다닌다.

기억의 활동량이 급격히 늘어나는 날이 문제다. 쓰디쓴 기억이 가슴에 새겨진 상흔을 들쑤시는 것도 모자라 머릿속에 꽉 들어차 몇 날 며칠이고 꼼짝도 하지 않을 때가 있다. 그러면 기억에 스며 있는 삶의 비애와 상처까지 곪아터지고 만다.

인간의 삶을 지탱하는 것들은 시간의 물결에 올라타서 흐르지 않고 한곳에 고여 있다 보면 끝내 썩어버린다고, 나는 생각한다.

일정한 공간을 차지하고 질량을 갖는 물질만 그런

게 아니라, 눈에 보이진 않지만 인간의 심리와 기분에 영향을 미치는 정서적 요소야말로 그렇지 않나 싶다. 적절한 시점에 적당한 양을 방출해야 한다. 마음의 안쪽에서 썩어 문드러지지 않도록.

이런 이유로 우린 한때 소중했던 사람에 대한 그리움에 밤잠을 이루지 못하는 날이면, 그 사람이 곁을 떠나는 순간 마지막으로 건네준 눈빛을 생각하며 눈물을 쏟아내고, 안 쓰던 일기를 쓰거나 책 귀퉁이에 낙서를 끼적이는 게 아닐까. 그렇게라도 그리움을 토해내야 하기에, 그래야 견딜 수 있기에….

줄리언 반스의 소설을 읽다가 "회한remorse이란 말은 어원적으로 한 번 더 깨무는 행위를 뜻한다"는 문장에서 한참 머문 적이 있다.

우린 종종 지난날을 후회하며 탄식한다. 회한에 젖고 또 젖으면 입술을 깨물고 눈물을 삼킨다. 회한이 없는 사람은 없다. 누구나 과거를 되씹으며 살아간다.

회한의 마음이 한탄과 후회에 그치지 않고 성찰과 통찰로 이어지는 경우도 더러 있다. 필설筆舌 양면에 걸쳐 유려하고 품격 있는 언어를 구사한 윈스턴 처칠의 회고록이 좋은 예다.

전문적으로 글을 쓰는 사람들 사이에서 농반진반으로 오가는 말이 있다. "기자의 글은 건조해서 재미없고 학자의 글은 현학적이라서 재미가 없는데, 더 심하게 재미없는 글은 정치인이 쓴 글이다!"

물론 편견이다. 이 편견에 어퍼컷을 제대로 날린 사람이 바로 처칠이다. 뛰어난 연설가이자 통찰력 있는 문필가였던 그는 전후 6년간 집필한 회고록 《제2차 세계대전》으로 노벨 문학상을 받았다.

회고록回顧錄은 지나간 일을 돌이켜 생각하며 적은 글이다. 저자의 기억에 의존할 수밖에 없다. 인간의 기억은 얼마든지 거짓을 진실로 포장할 수 있다. 기억 때문에 기록이 무시되거나 조작되기도 한다. 따라서 본인에겐 관대하지만 반대 세력엔 편협한 잣대를 들이대는 회고록이 태어나는 경우가 적지 않다.

그러나 처칠의 회고록에는 승자의 우쭐함이 배어 있지 않다. 처칠은 '춘풍추상春風秋霜'의 마음가짐으로 펜을 들었다. 이는 명나라의 문인 홍자성이 쓴《채근담》에 나오는 "대인춘풍 지기추상待人春風 持己秋霜"에서 나온 말로, "남을 대할 때는 봄바람처럼 부드러워야 하고 자신을 대할 때는 가을 서리처럼 엄격해야 한다"는 뜻이다.

총 6권에 이르는《제2차 세계대전》에는 처칠이 전장의 한복판에서 건져 올린 통찰과 인류사의 재앙을 막지 못했다는 회한이 품격 있는 문장으로 아로새겨져 있다. 문명과 전쟁, 인류에 대한 그의 성찰은 루스벨트 미국 대통령과 대화를 나누는 장면에서 극명하게 드러난다.

처칠은 다시는 전쟁의 참화가 일어나선 안 된다는

것을 강조하기 위해 다음과 같은 문장을 마치 후대에 남기는 이정표처럼 세워놓았다.

"어느 날 프랭클린 루스벨트 미국 대통령이 제2차 세계대전을 어떻게 불러야 하는지 의견을 물었다. 나는 즉시 불필요했던 전쟁the Unnecessary War이라고 답했다."

크리스토퍼 놀런 감독의 영화 〈메멘토〉는 아내의 죽음으로 인한 충격으로 '단기기억상실증'에 걸린 남자의 이야기다. 남자는 10분밖에 지속하지 않는 기억을 붙잡기 위해 폴라로이드 카메라로 사진을 찍어 기록을 남기고, 몸 구석구석에 문신을 새긴다. 그는 복수를 다짐하며 읊조린다.

"현재의 나를 알려면 기억이 필요하다."

사정은 다르지만 나 역시 〈메멘토〉의 주인공처럼 추억 밖으로 밀려나는 순간들을 향해 몸과 마음을 뻗어가며 기억의 고삐를 틀어쥐고 글을 쓴다. 기억을 덜어내 원고지를 한 칸 한 칸 채워나간다. 서정주 시인의 말을 빌리자면, 내 문장을 키운 것은 팔 할이 기억이다.

인간은 기억이라는 감옥에 갇힌 수인囚人이라고 해도 과언이 아니다. 감히 기억 밖으로 도망칠 수 없다. 한마디로 "행행본처 지지발처行行本處 至至發處"다. 간다 간다 해도 본래 그 자리, 왔다 왔다 해도 겨우 출발한 자리다.

어차피 평생 기억 속을 헤매야 한다면, 난 이미 기억에 배어 있거나 언젠가 기억으로 전환될 삶의 희로애락을 몽땅 책으로 옮기고 싶다. 좋은 기억이든 나쁜 기억이든 기억은 문장을 이끌어내는 글쓰기의 원천이 된다. 게다가 기억이라는 잉크는 흘러넘칠 순 있어도 마르지는 않는다.

돌아보면 언제나 내 책상 위로 기억이 흘렀다.

눈물을 떨구며 기억을 더듬는 손끝에서 나만의 문장이 피어났다.

그러므로 내가 쓴 책은 내 기억의 집합체이며, 내 문장은 내 기억을 실어 나르는 배다.

그 배에 실린 기억이 독자라는 육지에 닿아서 '내가 겪은 아픔을 이기주 작가도 겪었구나, 비슷한 슬픔의 무게를 견뎠구나' 하는 공감으로 거듭난다면 작가로서 더할 나위가 없을 것이다.

글쓰기는 비슷한 아픔을 지닌 사람에게 문장을 건네며 말을 걸어보는 일인지 모르기 때문이다. "혹시 당신도 그랬나요?", "한때 눈물을 다 써버릴 정도로 아팠던 기억이 있었나요?"라고 말이다.

존중

소중한 사람에게 말을 건네듯

어머니를 모시고 한동안 국립암센터를 드나들었다. 담당 의사는 전에 치료를 했지만 재발 가능성을 배제할 수 없어서 MRI를 찍고 다른 검사도 더 해봐야 한다고 말했다.

어머니와 나는 지하층에 있는 촬영실로 내려가기 위해 엘리베이터를 기다리고 있었다. 그때였다. 장작개비처럼 얇은 팔에 링거를 꽂은 남자가 놀이공원이라도 온 것처럼 해맑은 웃음을 퍼트리며 곁을 지나갔다. "휠체어 초보입니다, 하하."

부인으로 보이는 여자가 휠체어를 밀고 있었는데, 그녀도 웃음을 터트리며 남편을 거들었다. "저희가 초보 운전이라서요. 실례해요, 호호."

두 사람의 웃음소리는 어딘지 닮아 있었다. 문득 이런 생각이 들었다.

사랑하면 서로의 웃음을 은연중에 모방하는 것일까, 아니면 어느 한쪽이 자신의 기쁨을 상대방의 가슴

깊은 곳에 새겨 넣는 것일까….

엘리베이터 주변을 맴도는, 부부의 "초보입니다"라
는 말이 내 귀로 흘러 들어왔다. 그 말은 단순히 길
을 비켜달라는 요구가 아니라 무거운 마음으로 병원
을 찾은 사람들을 향해 '방해해서 미안하지만 좀 지
나갈게요' 하고 양해를 구하는 것처럼 들렸다.

세상사는 관계 속에서 흘러간다.
사람은 생을 마감하기 전까지
사람의 품을 벗어날 수 없다.
사람은 오직 사람을 통해서만
사람 너머의 세계로 나아갈 수 있다.

불교의 연기법緣起法도 비슷한 맥락이다. 불교에선
만물이 상호 의존적으로 이어져 있다고 본다. 얼핏
독립적인 것처럼 보이는 수많은 존재는 직접적 원인
인 인因과 간접적 원인인 연緣의 과정을 통해 서로

좌
우
봉
원

관계를 맺고 영향을 주고받는다는 것이다.

고개가 끄덕여진다. 타인이라는 객체가 존재하지 않으면 '나'라는 주체가 무슨 의미가 있겠는가. 남이 있으므로 내가 존재하고, 내가 존재하기에 남이 있는 것이다.

사람은 누구나 관계의 홍수 속에서 존중받기를 원한다. '존중'을 뜻하는 영어 단어 'respect'는 '반복'을 나타내는 re와 '보다'의 의미가 녹아 있는 spect로 쪼개진다. 서로를 오래, 거듭해서 바라볼 때 존중하는 마음도 싹튼다. 마주치기를 꺼리거나 얼굴을 돌리면서 타인을 존중할 순 없다.

존중받고 싶다면 당연히 배려할 줄 알아야 한다. 존중은 배려를 통해 구체화된다. 배려의 한자는 짝 배配, 생각할 려慮다. 관계를 맺는 상대방을 염려하는 것이 배려의 본질이다.

이는 그리 거창한 개념은 아닐 것이다. 주위를 둘러

보면 배려의 자세가 깃든 행동을 심심치 않게 발견할 수 있다.

병원에서 의료진이 주사를 놓을 때 "따끔해요" 하면서 엉덩이를 툭툭 치는 행위는 긴장을 풀어주기 위한 목적이므로 배려에 해당한다. 그뿐이랴. 여름철 맥줏집에서 냉장고에 잔을 차갑게 보관했다가 맥주를 부어주는 것도 일종의 배려라고 볼 수 있다.

그렇다면 작가는? 작가는 정신적 혹은 물리적 의미로서 '곁'을 잠시 내어주는 존재인 독자의 입장을 헤아려야 한다. 자신의 책이 누구에게 어떻게 읽히는지 한 번쯤은 고민해봐야 한다.

18세기 영국의 시인이자 평론가였던 새뮤얼 존슨은 "작가의 매력적인 능력 가운데 하나는 새로운 것을 친숙하게 만드는 것"이라고 했다.

어떤 면에서 작가는 독자가 채 경험하지 않은 낯선 상황과 장면을 지면으로 끌어와 친숙하게 펼쳐놓는 사람이다. 독자가 어렵지 않게 이해할 수 있는 문장의 형태로 말이다.

이 과정에서 작가는 무엇을 해야 할까? 독자를 존중하고 배려하는 글은 어떤 글인가?

질문에 답하기 위해 글쓰기를 요리에 비유해보자. 작가가 자신만의 방식으로 재료를 손질하고 조리해서 그릇에 담아내는 요리사라면, 독자는 한 권의 책을 단품 요리처럼 맛보는 손님이라 할 수 있다.

이때 독자를 대접하기 위해 사용하는 그릇은 문장이다. 작가가 하고 싶은 말이나 떠올린 생각은 문장이라는 그릇에 담겨 독자에게 전해진다. 그릇의 생김새는 상관이 없다. 꼭 단정하고 우아할 필요도 없다. 문장을 고르는 작가의 취향에 따른 선택의 문제다.

독자 앞에 그릇을 내놓는 순간이 분수령이다. 같은 요리라도 어떤 그릇에 어떻게 담느냐에 따라 전혀 다른 요리처럼 보인다. 그릇이 달라지면 요리의 맛과 분위기도 미묘하게 달라진다.

마찬가지로 독자는 책을 펼쳐 드는 순간 작가의 생각이 어떤 문장에 어떻게 담겼는지 입체적으로 파악한다. 글의 내용과 구성뿐 아니라 형식적인 요소를 점검하고 작가의 마음가짐을 짐작한다. 만약 그릇 안쪽에 거뭇한 물때가 가득하다면, 달리 말해 첫 줄부터 맞춤법에 어긋나는 표현과 오타가 넘실댄다면 어떨까. 아마 독자는 작가로부터 존중받지 못한다고 느끼고 책장을 넘기는 걸 주저할 것이다.

한글은 섬세하다. 섬세한 건 예민하다. 점 하나 있느냐 없느냐에 따라 뜻이 돌변한다. '남'이라는 글자에서 점 하나 지우면 '님'이 되고 '님'에 점 하나만 찍으면 도로 '남'이 된다.

예민한 건 날달걀을 쥐듯 조심스레 다뤄야 한다. 내 글을 읽는 사람을 존중한다면 어문 규정이 고루하다고 한탄하기 전에 그것에 맞춰 문장을 매만지고 있는지부터 돌아봐야 한다.

옥의 질은 빛깔만이 아니라 종종 티가 좌우한다. 옥

을 고르는 것도 중요하지만 티를 제거하는 일도 소홀히 해선 안 된다. 형식에 얽매여선 곤란하지만 형식을 가다듬을 줄은 알아야 한다.

이쯤에서 이런 반론이 나올 법도 하다. "모든 책을 쉬운 문장으로 쓸 수는 없잖아요. 그리고 꼭 맞춤법을 숙지해야 좋은 글을 쓸 수 있는 건 아니잖아요?" 옳다. 본질이 먼저다. 형식이 본질에 영향을 미칠 수는 있으나 본질을 압도할 수는 없다. 본질에 해당하는 것은 그게 무엇이든 세월의 흐름 속에서 쉽게 풍화되지 않는다.

또한, 쉽고 간결한 문장으로 감히 정의할 수 없는 이치와 이론이 있기 마련이다. 심오한 개념을 너무 단순하게 규정하려다 보면 본질과 멀어지는 결과를 낳기도 한다.

문제는 현학적인 어휘로만 높다랗게 울타리를 쌓은 글은 자칫 작가만 이해하는 폐쇄적인 글, '갇힌 글'

이 되기 쉽다는 점이다. 독자를 배려하지 않는 글은 고결한 글이 아니라 고독한 글이다. 소통은커녕 고립만 자초한다. 직업적으로 글을 쓰는 사람이라면 '쉬운 표현'과 '심오한 표현', '형식적인 것'과 '본질적인 것'이라는 모순적 요소들 사이를 거닐며 나름의 균형점을 찾아내야 한다.

그래서 난 집필을 마무리하기 전에 반드시 어머니께 원고를 보여드린다.

일종의 통과 의례인 셈인데, 어머니가 이해하기 어려운 부분에 밑줄을 그어서 다시 내게 원고를 건네주면 난 해당 부분을 여러 번 읽어가며 쉽고 명확한 문장으로 다듬는다. 입에 착착 붙는 느낌이 들 때까지 표현을 고치고 또 고친다.

어머니의 독해력을 과소평가해서가 아니다. 어머니가 술술 읽을 수 있다면 다양한 연령층의 독자가 쉽게 읽을 수 있기 때문이다. 글의 품격은 문장의 '깊이'뿐 아니라 문장의 '개방성'에서 비롯된다고 믿기 때문이다.

몇 해 전 겨울, 부산 서면에 있는 교보문고에서 사인 회를 진행했다. 서점 안으로 들어오는 독자들의 몸에서 김이 모락모락 났다. 사인회가 마무리될 무렵 백발이 성성한 할머니가 손녀의 부축을 받으며 걸어 왔다. 할머니는 오래간만에 만난 손주를 대하듯 내 손을 쥐고 다감하게 말했다.

"내가 작가님 보려고 창원에서 고속버스를 타고 한 시간 가까이 달려왔어."

"정말이세요? 고맙습니다. 제 책을 읽으셨어요?"

"그럼. 손녀가 읽던 책을 며느리가 봤고 그걸 다시 내가 읽었어. 삼대가 책 한 권을 함께 본 셈이야. 고마워. 앞으로도 좋은 글 써줘."

손녀와 함께 걸음을 옮기는 할머니의 뒷모습을 바라 보면서 나는 몇 가지 물음을 떠올렸다.

'좋은 글이란 과연 어떤 글일까? 아니, 좋은 글에 대해 함부로 말할 수 없으므로 질문을 바꿔보자. 나는 독자를 배려하고 존중하고 있는가? 나는 어떤 글을 쓰면서 작가로 살아가고 있는가?'

사인회가 끝난 뒤 바닥을 알 수 없는 바닷속으로 빠져들 듯 내가 떠올린 질문 속으로 잠겨 들어갔다. 시간이 꽤 지났지만 여전히 나는 그 질문 속에서 헤엄치고 있는 것 같다. 다만 꽤 오랜 시간 밀도 있게 헤엄치며 고민한 덕분에 한 가지만은 확실히 말할 수 있다.

나는 앞으로도 어머니께, 내 주변의 소중한 사람에게 이야기를 건네듯 글을 써나갈 것이다. 내 문장이 누군가에게 한 송이 꽃이 되기를 기대하면서….

욕심

손잡이가 없는 칼

'이 번호가 아닌가? 이런, 이 번호
도 아니구나….'

얼마 전 휴대폰의 소프트웨어를 업데이트하면서 비
밀번호를 기억하지 못해 골머리를 앓았다. 틀린 번
호를 거듭 입력한 끝에 사용 제한을 의미하는 '비활
성화' 상태가 되면서 휴대폰이 잠겨버렸다.

중요한 업무가 있었던 나는 고민 끝에 시스템을 초
기화했다. 휴대폰의 모든 데이터를 지워서 처음 공
장에서 출고될 때와 같은 상태로 만들어버린 것이
다. 결국 휴대폰에 저장돼 있던 전화번호와 사진이
모두 사라졌다.

애초에 비밀번호를 잊은 게 사태의 원인이지만, 속
으로 '한 번 더!'를 외치며 계속 틀린 번호를 입력한
내 욕심 탓도 있을 거란 생각이 들었다.

데이터가 모두 지워진 전화기를 만지작거리면서 나
는 오래전 취재 기자 시절의 기억을 떠올렸다.

사건 취재차 우연히 경찰 지구대에서 운용하는 순찰차를 얻어 탄 적이 있다. 차에 오르는 순간에는 별다른 느낌이 없었는데 뒷좌석을 둘러보다 고개를 갸웃했다. 안쪽에 손잡이가 없는 게 아닌가. 타인의 도움 없이는 안쪽에서 문을 열고 나갈 수 없는 구조였다.

욕심의 속성도 매한가지가 아닐는지. 우린 욕심의 내부로 파고들 땐 마음만 먹으면 언제든 벗어날 수 있을 것으로 믿는다. 그러나 욕심의 번식력은 참으로 왕성해서 소유욕이나 질투심과 함께 버무려지면 마음속에서 다른 감정보다 훨씬 빠르게 퍼져나간다. 더욱이 욕심의 안쪽에는 순찰차처럼 손잡이가 없다. 웬만해선 빠져나올 수가 없다.

흔히 말하길 "돈과 권력은 바닷물과 같아서 마시면 마실수록 갈증을 일으킨다"고 한다. 욕심이라는 밑 빠진 독에 아무리 많은 물을 길어다 부어봤자 소용이 없기 때문이다.

한자 '욕慾'을 쪼개보면 욕심의 본질을 한눈에 알 수 있다. 골짜기 곡谷, 하품 흠欠, 마음 심心으로 이루어진 형태다.

본래 '흠欠'은 갑골문에서 입을 크게 벌리는 모습을 나타냈는데 훗날 의미가 확장되면서 '마시다', '노래하다' 같은 뜻을 지니게 됐다. 깊은 골짜기처럼谷 입을 크게 벌려欠 끊임없이 목구멍에 집어넣으려는 마음心이 바로 욕심이다.

가톨릭에선 세속적 악습을 일으키는 일곱 가지 근원적 죄악을 '칠죄종七罪宗'이라 하는데 욕심도 그중 하나다. 욕심은 라틴어로 '아바리티아avaritia'라고 쓴다. 이 단어의 본뜻은 재물을 아끼는 태도가 몹시 지나침을 가리키는 '인색'이다. 욕심이 지나친 이들은 성과와 이익을 나누는 데 인색한 경우가 많다. 인색함의 한복판에는 욕심이라는 뱀이 똬리를 틀고 있다.

삶이라는 무대에서 욕심과 낙관주의의 경계는 참으로 모호하다. 살다 보면 능력 밖 일인 줄 알면서도 욕심을 내려놓지 않고 '운이 좋으면 좋은 결과가 나오겠지…' 하는 허황한 낙관론에 빠지는 경우가 있다. 상황을 있는 그대로 인정하되 희망을 잃지 않는 태도야말로 진정한 낙관이라는 사실을 망각한 채 말이다.

무자비한 욕심이든 무상한 욕심이든 대개 욕심에는 질투와 분노와 회한 같은 복잡다단한 감정이 녹아 있다. 그래서 어떤 욕심은 차갑고도 예리하다. 싸늘한 음기陰氣를 지녔다고 할까.

음양오행을 믿는 이들은 "음의 기운이 강한 것은 모종의 틀 안에 가둬야 한다"고 곧잘 이야기한다. 밝은 곳에선 탈이 생긴다는 이유에서다.

칼이 대표적이다. 칼집을 벗어난 칼은 허공을 향해서라도 휘둘러져야 한다. 무언가를 피로 물들여야만 칼은 칼로서 인정을 받는다.

욕심과 칼은 여러모로 닮았다. 서늘한 기운을 내뿜는 데다 날카로움의 끝에 한恨이 서려 있다.

우린 다들 가슴에 욕심이라는 칼을 한 자루씩 품고 살아간다. 때론 커다란 칼을 휘두르듯 욕심껏 일을 밀어붙여야 하는 순간도 찾아온다. 야심이 무기가 될 때가 있고 욕망 덕분에 황홀한 꿈을 꿀 때도 있다.

다만 욕심은 도신刀身, 칼의 몸체 만 있고 손잡이가 없는 칼과 같다. 욕심을 움켜쥐고 상대방을 찌르려면 내 손바닥에 상처가 생기는 것을 각오해야 한다.

욕심이라는 칼을 붙잡기 전까진 이러한 사실을 알 수 없다는 점이 걸림돌이다. 욕심을 함부로 드러내거나 휘둘러선 안 된다는 사실을 누구나 알고 있지만 아무나 실천하지는 못한다.

글쓰기에서 지나친 욕심은 모든 화禍의 근원으로 작용한다. 머릿속에 맴도는 생각을 문장으로 전환하는 것이 글쓰기의 근간인데, 무조건 잘 써서 독자의 시선을 단숨에 사로잡겠다는 과욕이 앞서다 보면 자칫 어깨에 힘이 들어가기 마련이다.

과욕과 부담감이 깃든 문장에는 불필요한 문장 성분과 별다른 역할을 하지 않으면서 본용언 뒤에 붙는 보조 용언 따위가 잡동사니처럼 달라붙는다.

그러면 문장은 쓸데없이 길어지고 문단은 풍선처럼 팽창한다. 멀쩡한 문장도 문법에 맞지 않는 비문이 될 가능성이 높아진다. 독자는 단어마다 군더더기가 붙어 진득거리는 문장을 곱씹느라 전체 맥락을 놓치게 된다.

소설가 김훈의 문체는 군더더기 없는 문장의 전범典範이다. 내가 언론인으로 일하던 시절, 당시 김훈 기자의 문체를 모방하는 젊은 기자들이 더러 있었다. 기자 김훈의 기사 문장은 유려하면서도 함축적이었는데, 특히 글의 마지막 부분에서 사건과 관련해 뜨거운 무언가를 독자 앞에 펼쳐주곤 했다. 독자로 하여금 사건을 곱씹게 만드는 힘이 있었다. 일부 기자는 이를 "김훈의 막판 뒤집기"라고 부르곤 했다.

몸으로 문장을 새기는 느낌이 좋아서 여전히 원고지에 육필로 글을 쓴다는 김훈의 문체는, 소설 속에서 더욱 간결하고 비장하며 때로는 무자비하다.

김훈의 소설에는 "나는 보았으므로 안다" 같은 간명한 문장이 자주 등장한다. 실제로 그는 자신이 눈과 귀로 확인할 수 있는 내용만을 촘촘하게 서술한다. 다른 작가와 저명한 학자의 문장을 무리하게 인용하거나 활용하지 않는다. 그저 사실과 사실을 잇는 느낌으로 쓴다.

특히 그는 문장을 화려하게 치장하는 것을 자제한다. 작품마다 차이가 있기는 하지만, 군살과 기름기를 제거한 날렵한 문장을 꼭 필요한 만큼만, 꼭 필요한 위치에 배치하는 편이다. 욕심을 부리지 않고 주어와 동사 등 문장의 주요 뼈대만으로 우직하게 글을 펼쳐나간다.

허식이 없는 김훈의 문장은 간결하지만 독자에게 전해지는 하중荷重은 어마어마하다. 어떤 면에서 그의 문체는 중국 춘추 시대 사상가인 노자가 주창한 무위 사상과 포개지는 측면이 있다.

노자는 《도덕경道德經》에서 "무위이무불위無爲而無不爲"라고 했다. 후대의 수많은 사람이 이 문장에 다양한 방식으로 주석을 달고 해설했는데, 여러 견해를 종합하면 "아무것도 하지 않는 것을 통해 모든 일을 이룰 수 있다"라는 문장으로 수렴할 것이다. 역설 중의 역설이다.

여기서 잠깐. 노자가 강조한 '무위無爲'는 정말 아무것도 하지 않는 것을 의미할까?

위 문장의 핵심 한자인 '위爲'의 자형字形을 풀어보자. 때론 한자의 자획을 깨트리고 합치는 식으로 언어의 근원을 거슬러 올라가다 보면 생각지도 못한 실마리를 얻을 때가 있다.

알다시피 한자 '위爲'는 영어의 do 동사와 비슷하다.

'~하다'라는 뜻이다. 생김새를 뜯어보면 한자의 아랫부분은 코끼리를 나타내고 위쪽은 코끼리 코를 잡고 있는 사람의 손手을 가리킨다. 사람이 코끼리에 올라타서 조련하는 모습이다. '힘으로 다스리다' 정도의 뜻이 될 것이다.

따라서 노자가 말한 '무위'는 아무 일도 하지 않는 무행無行이 아니라 억지로 꾸미거나 힘을 가하지 않는 것, 나아가 사물의 본성과 사안의 규율을 거스르지 않으면서 자연스럽게 일을 도모하는 순행順行에 가깝다.

중국 북송北宋 때 신선의 경지에 이른 바둑 고수가 살았다. 그는 죽기 전에 바둑을 둘 때 명심해야 하는 열 가지 교훈을 남겼다고 알려진다. 이름하여 위기십결圍棋十訣이다.

십결 중 첫 번째는 승리를 탐하면 이길 수 없다는 '부득탐승不得貪勝'이다. 승부에서 이길 생각 자체를 하지 말라는 뜻이 아니다. 이기는 것에만 집착해서 욕심만 앞서면 평정심을 잃어 무리수를 두게 되고, 결국 제대로 된 바둑을 둘 수 없다는 뜻이다. 현대를 살아가는 우리에게도 시사점을 주는 가르침이 아닐까 싶다.

문득 되짚어본다. 나 역시 한 권의 책에 무조건 많은 이야기를 담으려 애쓴 적이 있었다. 욕심이라는 칼로 내 문장에 화려한 무늬를 새겨 넣어야 많은 독자가 읽어줄 것 같았다.

글쓰기에 대한 과욕은 늘 지평선 같았다.

걷다 보면 그 끝에 쉽게 닿을 수 있을 것 같았으나 가도 가도 매번 도착할 수가 없었다.

욕심은 경직으로 이어졌다. 어깨에 힘이 들어갈수록 단락은 빽빽해졌고 문장은 딱딱해졌으며 글의 품격은 곤두박질했다. 에세이와 인문 분야에 속하는 책을 주로 쓰는 나로선, 그런 문장으로 독자의 공감을 얻는 데 한계가 있었다.

《언어의 온도》를 집필하는 과정에선 '더' 쓰기보다 '덜' 쓰는 데 주력했다. 내용을 꽉 채우지 않고 일부러 덜어내기 위해 애썼다. 그러다 보니 다른 책에 비해 단락 말미에 말줄임표를 많이 넣었다. 아니, 말줄임표를 심었다고 할까. 독자에게 전하고 싶은 내 생각과 마음이, 생략을 나타내는 문장 부호에 은근슬쩍 묻어나도록 했다.

프랑스의 수필가 도미니크 로로는 《심플하게 산다》라는 책에서 "우리는 공간을 채우느라 공간을 잃는다"라고 했다. 어디 공간뿐이랴. 우린 종종 문장을 채우느라 문장을 잃는다. 욕심이라는 손잡이 없는 칼을 필사적으로 허공에 내두르면서.

글의 품격

기본이 서면 나아갈 길이 생긴다

본립
도생

本 立
道 生

"당연한 것을 잘 해내는 일이야말로
세상에서 가장 어려운 일인지 모른다."

습
관

내면의 리듬

"오늘 마지막 곡은 구스타프 말러의 '교향곡 5번' 4악장 아다지에토입니다. 청취자 여러분, 말러의 음악처럼 부드럽게 흘러가는 하루 보내세요."

매일 'KBS 클래식FM'에서 흘러나오는 음악을 들으며 침대에서 몸을 일으킨다. 고전 음악에 남보다 조예가 깊어서 클래식 방송으로 알람을 맞춰놓는 것은 아니다.

새벽 댓바람부터 음악보다 진행자의 말이 더 많이 쏟아지는 방송을 듣게 되면 내 달팽이관이 안 해도 되는 일을 하는 것 같아서다.

기지개를 켜면서 꿈과 현실의 경계를 이탈하면 거실에서 커피를 내리고 하루를 열 준비를 한다.

커피 잔이 바닥을 드러내면 신문을 펼친다. 가끔 전자판을 읽기도 하지만, 지면에 유기적으로 흩어져 있는 기사를 찬찬히 훑어보면 높은 건물에서 낮은

지대를 조망하듯 세상의 흐름을 한눈에 파악할 수 있기 때문에 주로 종이 신문을 본다.

아침으로는 빵을 먹는다. 유독 빵을 좋아하기도 하거니와 빵을 들지 않은 손으로 공책을 펴서 낙서를 할 수 있고, 숟가락과 젓가락을 번갈아 쥐며 밥알을 삼킬 때와는 달리 창밖을 내다보며 멍하니 공상에 잠기기도 좋다.

손에 있던 빵이 가뭇없이 사라져버리면 난 다시 낙서와 공상의 세계로 빠져든다.

오전에는 가급적 원고를 쓰지 않으려 한다. 그저 집과 서점과 거리에서 생각과 문장을 끌어모으면서 엄벙하게 시간을 흘려보내는 편이다.

작가의 일상에서 가장 중요한 시간은 '글을 쓰는 시간'이 아니라 '글을 쓰지 않는 시간'이 아닐까 생각한다.

책상을 마주하고 있을 때보다 책상을 벗어날 때 언

는 아이디어가 실제 집필 과정에서 훨씬 유용하게 활용되는 것 같다. 문장을 작성하지 않는 시간에 어떤 생각을 하고, 글쓰기에 필요한 재료를 어떻게 수집하느냐에 따라 최종적으로 책에 새겨지는 문장의 밀도와 깊이가 달라진다고 할까.

나는 '초저녁의 작가'다.
내게 아침과 오후는 생각을 축적하는 시간이고
어두워질 무렵은 문장을 분출하는 시간이다.

새벽에 눈을 뜨자마자 책상으로 다이빙하듯 뛰어드는 작가가 있는가 하면 모두 잠든 시간에 원고지에 파묻히는 이른바 올빼미족도 있지만, 난 서녘 하늘이 붉게 물들기 시작하면 그제야 원고 작업에 돌입한다.
이것이 나만의 리듬이라면 리듬이다. 본래 음악 용어인 '리듬rhythm'은 '율동' 혹은 '절주節奏'로 번역하곤 하는데, 단어의 본류를 거슬러 올라가면 '움직이다', '흐르다'라는 뜻을 지닌 그리스어 '리트모스 rhythmos'와 만나게 된다.

그러므로 고유한 리듬을 타며 삶을 살아가고 있다는 건, 세월의 흐름 속에서 자기만의 방식과 박자로 적절히 움직이고 있다는 것을 의미한다.

개인이 지닌 내면의 리듬은 습관의 형태로 표출된다. 습관은 특정 행위를 되풀이하면서 저절로 익힌 행동 방식이다. 《습관의 힘》의 저자 찰스 두히그에 따르면 우리가 일상에서 취하는 행동의 40%가 습관에 의해 결정된다.

운동선수들이 경기에서 초조한 마음을 추스르는 '루틴routine'도 일종의 규칙적인 습관이다. 야구 경기에서는 타자들이 정해진 패턴과 횟수로 헬멧을 고쳐 쓰거나 장갑을 매만지며 타석에 들어서는 모습을 볼 수 있다. 육체의 움직임에 자신만의 리듬을 얹음으로써 자신감을 얻고 심리적 안정을 찾는 것이다.

작가들도 그렇다. 특히 무라카미 하루키의 달리기 습관은 그의 소설만큼이나 널리 알려져 있다. 하루키는 매일 새벽 4시에 기상해 집필실로 건너간다. 다섯 시간쯤 글을 쓰고 오후에는 무조건 수영과 달리기를 한다.

특히 그의 달리기 예찬은 유명하다. 오죽하면《달리기를 말할 때 내가 하고 싶은 이야기》라는 책을 쓴 것도 부족해 훗날 자신의 묘비에 "무라카미 하루키, 작가 그리고 러너, 적어도 끝까지 걷지는 않았다"라는 문장을 새겨달라고 했을까.

김훈 작가의 책상에는 '필일오必日五'라고 적힌 종이가 큼지막하게 붙어 있다. 날마다 200자 원고지 다섯 장 분량을 쓰고야 말겠다는 작가의 다짐이다.

왜 다섯 시간이 아니고 다섯 장일까. 내 추측은 이렇다. 일정한 시간 동안 책상 앞에 붙어 있는 것도 어럽지만, 작가로서 더 어려운 일은 일정한 분량을 꾸준히 써내는 것이기 때문이리라. 적어도 내 경험에 비추어보면 그렇다.

난 하루키와 김훈 작가처럼 대외적으로 내세울 만한 '작가적 습관'은 없다. 굳이 하나를 들라면, 앞에서 언급한 것처럼 책 귀퉁이와 노트에 낙서하는 버릇이 있다. 의미 없는 낙서를 통해 우연히 의미를 찾는다고 할까.

매일 아침 식탁에 앉으면 지난밤 이불을 덮으면서 꿈속으로 밀어 넣은 단어들을 불러내 아무렇게나 적는다. 머리를 쥐어짜며 완결성을 지닌 문장을 억지로 쓰기보다 자질구레한 낱말과 표현이 무의식 저편에서 스스로 문을 열고 걸어 나오도록 그냥 내버려둔다.

이때 주로 무선無線 노트에 낙서를 끄적이는 편이다. 직선이 반듯하게 그어져 있는 유선 노트에는 왠지 반듯하고 질서 정연한 내용만 적어야 할 것 같아서 웬만하면 낙서에 사용하지 않는다. 본래 낙서란 글자와 그림 따위를 아무 데나 함부로 쓰는 행위가 아니던가.

낙서의 조력을 받아 무의식의 감옥을 탈출한 단어들이 서로 충돌하고 뒤엉키는 과정에서 온갖 생각이 레고 블록처럼 쌓이고 또 허물어진다. 그러다 보면 어느 순간 일정한 계통의 생각들이 머릿속에서 일정한 방향으로 대열을 이루며 행진하는 느낌이 든다. 무슨 수를 써서라도 글로 옮겨야 하는, 쓰지 않으면 못 배길 것 같은 생각의 덩어리들이.

습관에 관해 쓰다 보니, 새삼 오래전 기억이 새롭다. 전에 살던 아파트에는 멀쩡한 승강기를 마다하고 유독 계단만 이용하는 어르신이 있었다.

한쪽 다리가 불편한 어르신은 매번 난간을 잡고 절뚝거리면서 계단을 오르내렸다. 힘겹게 걸음을 옮기는 모습이 안쓰러워 슬쩍 말을 걸어본 적도 있다.

"어르신, 제가 승강기 좀 잡아드릴까요?"

"승강기? 괜찮아. 몸져눕지 않는 한 걸어서 올라가고 싶어. 계단 오르는 게 내 일이야…"

어르신은 호흡을 가다듬고 천천히 걸음을 옮겼다. 왼발을 들어 올린 다음 오른발을 그 옆에 얹으면서 양발을 가지런히 모았는데, 한 칸 한 칸 계단을 오를 때마다 묘한 박자와 리듬으로 몸의 균형을 잡았다.

한 걸음.

다시 한 걸음.

발을 바꿀 때마다 난간을 잡은 어깨는 들썩였고 몸을 지탱하는 손은 파르르 떨렸다. 다만 어르신은 한숨을 쉬거나 "내 팔자야…" 같은 탄식을 내뱉지는 않았다.

의아했던 건 어르신의 표정이다. 걸음은 위태위태

했으나 낯빛은 어둡지 않았다. 그저 알 듯 모를 듯한 미소를 지으며 계단 위쪽을 응시할 뿐이었다.

체념의 표정은 아니었다. 걸음을 내딛는 순간 자신이 살아 있다는 사실을 몸소 확인하는 듯했다. 차가운 아파트 계단을 오르는 습관을 통해 자기 존재를 스스로 증명하고, 자신을 타인과 구분 짓는 것처럼 보였다.

산다는 건 반복의 연속이다. 도돌이표처럼 거듭되는 일상을, 그리고 시작과 끝이 정해져 있는 일을 부단히 되풀이하면서 우린 세월 속을 헤맨다.

그러고 보면 글쓰기는 인생과 닮았다. 지난한 반복의 과정을 견딜 때 글과 삶은 깊어지고 단단해지니 말이다.

중국 송나라 때 문인 구양수는 글 잘 짓는 방법으로 '삼다三多'를 꼽았다. 그 유명한 다독多讀, 다작多作, 다상량多商量이다.

읽고 쓰고 생각하는 일에 익숙해져야 글쓰기의 기초 체력을 기를 수 있다는 너무나 당연한 얘기다. 글쓰기에 조금이라도 관심이 있는 사람이라면 귀에 딱지가 앉을 정도로 자주 들어봤으리라.

다만 이를 두고 "누구나 알고 있는 얘기잖아. 글쓰기 하수나 실천하는 거 아냐?"라는 식으로 콧방귀를 뀌면 곤란하다.

무릇 하수下手는 기본에 해당하는 그 '뻔함'의 가치를 아예 모르는 사람이라면, 중수中手는 그것을 극복하기 위해 애쓰는 사람이고, 상수上手는 뻔한 것을 이미 자기 것으로 만들어서 그 너머의 세계로 훨훨 날아간 사람이다.

누구나 알고 있는 뻔하고 당연한 것을 잘 해내는 일이야말로 세상에서 가장 어려운 일인지 모른다.

《논어論語》〈학이學而〉편에 "본립도생本立道生"이라는 글귀가 실려 있다. "기본이 바로 서면 나아갈 길이 자연스럽게 생겨난다"는 것이다.

어느 분야건 밑바탕을 탄탄히 다져야 그다음 단계로 넘어갈 수 있고, 나아가 더 넓은 길로 향할 수 있다. 그럼 글쓰기의 기본을 다질 수 있는 방법은 무엇일까? "이렇게 쓰면 좋지만 저렇게 쓰면 안 됩니다", "제 책을 읽으면 누구나 책 한 권을 뚝딱 써낼 수 있습니다"라며 수많은 전문가가 글쓰기의 비법을 백가쟁명식으로 내놓는 걸 보면, 제대로 답을 아는 사람은 아무도 없는 것 같다.

나 역시 답이 아닌 의견을 보태련다. '터'를 의미하는 한자 기基에 주춧돌 초礎를 합하면 '기초基礎'가된다. 내가 발 딛고 살아가는 터전을 단단하게 다져 주춧돌을 놓을 때 기초와 근본이 만들어지고 그 위에 나만의 집을 세울 수 있다.

글쓰기를 배우고 익히는 과정도 크게 다르지 않다. 글을 짓는 방법은 남이 알려준다고 해서 단번에 터득할 수 있는 것이 아니라고, 나는 믿는다.

언론인 시절과 작가의 삶을 되짚어보건대, 글쓰기 책을 뒤적이거나 유명 작가의 작법을 흉내 낼 때보다, 누가 시키지 않아도 알아서 글을 쓰는 버릇을 들이고 그것이 습관으로 굳어졌을 때 내게 가장 적합한 글쓰기 수단과 방법을 찾아낼 수 있었다.

글쓰기 노하우는 기술보다 습관에 가깝다.

때론 내가 글을 쓰는 것이 아니라 내 습관이 글을 쓰는 건지 모른다. 습관이 스스로 미끄러지고 번지면서 내 삶의 여백을 진하게 물들이는지도 모를 일이다.

개
성

문장을 날아오르게 하는 날개

조선 시대에는 제주도를 원악도遠
惡島로 부르곤 했다. 한양에서 가장 멀리 떨어진 유
배지였기 때문이다. 중죄를 지은 자들이 평생 갇혀
지낸 섬이, 세월이 흘러 천혜의 경관을 자랑하는 관
광 명소가 됐으니 역사의 아이러니가 아닐 수 없다.

몇 해 전 겨울이었다. 추사 김정희가 유배 생활을 한
제주도 서귀포시 대정읍에 가족과 함께 다녀왔다.
날씨가 흐리고 으스스했지만, 언제 또 올 수 있을까
하는 생각에 옷깃을 여민 채 마을 곳곳에 퍼져 있는
추사의 흔적을 되짚었다.

길을 걷다 보니, 빨래가 바람에 나부끼는 모습이 눈
에 들어왔다. 정처 없이 흔들리는 옷가지를 바라보
며 어머니가 말했다. "빨래가 슬프게 춤을 추는구
나." 어머니가 내뱉은 말이 허공으로 뿔뿔이 흩어지
는 순간 내 입술에서도 무심결에 짧은 문장이 튀어
나왔다.

"네, 집마다 그리움이 흔들리는 것 같아요."

당시 나는 사랑했던 사람과 헤어진 지 얼마 되지 않았었다. 한때 소중했던 그녀는 나와 이별하면서 소중한 무언가를 내게 남겨두었다. 동시에 그녀는 내게서 소중한 무언가를 떼어내 가져갔다. 여러모로 나는 힘든 지경이었다.

그래서였을까. 한양에 두고 온 가족에 대한 그리움을 품은 채 밤마다 긴 울음을 토해냈을 선비들의 모습이 눈앞에 아른거렸다. 을씨년스러운 하늘에 넘실대는 빨래의 물결이, 내 눈에는 천 쪼가리가 아니라 그리움의 결정結晶으로 보였다.

한번 상상해보면 어떨까. 지금 당신은 대정읍 일대를 거닐고 있다. 주변을 보니 금방이라도 비가 쏟아질 듯 하늘은 어두컴컴하고 집마다 걸린 빨래는 상하좌우로 격하게 펄럭인다.

이를 본 당신은 사진을 찍어 SNS에 짧은 문장을 올리려 한다. 어떤 글귀가 떠오르는가.

굳이 '빨래가 걸려 있다'는 문장의 얼개를 흔들지 않더라도, 보통 명사 자리에 추상 명사를 넣거나 서술어를 교체해서 얼마든지 새로운 표현을 만들 수 있을 것이다.

모르긴 몰라도 실연의 아픔을 겪은 경우라면 "하늘에 그리움이 걸려 있다"는 문장을 연상할 수 있을 테고, 동물과 사물을 의인화해서 표현하기 좋아하는 사람은 "빨래들이 사납게 으르렁거리네"라는 문장을 적을 테고, 격무에 시달리다 몸과 마음의 쉼을 얻기 위해 연차를 내고 제주도를 방문했다면 "빨래가 자유롭게 펄럭인다"는 문장을 떠올릴지 모르겠다.

[가] 하늘에 그리움이 걸려 있다.

[나] 빨래들이 사납게 으르렁거린다.

[다] 빨래가 자유롭게 펄럭인다.

세 문장 가운데 어느 것이 가장 정확한 표현인가? 어리석은 질문이다. 글쓰기라는 영역은 물론 삶에서도 이런 질문은 성립하지 않는다.

사람은 똑같은 풍경 앞에서 저마다 다른 것을 보고 다른 감정을 느낀다. 눈으로 스며든 하나의 풍경은 각자가 지닌 선입견이나 기분과 맞물려 머리와 가슴에서 순식간에 다른 정경과 상황으로 변모한다.

자연의 풍광처럼 눈에 보이는 것만 그런 건 아닐 것이다. 사람과 사람 사이에서 무수한 갈등과 오해를 불러일으키는 진실이야말로 그렇지 않을까.

우린 진실이라는 커다란 거울에서 떨어져 나온 조각을 각자 유리한 입장에서 바라본 뒤 "내가 진실을 알고 있어"라고 힘주어 말하곤 한다. 깨지기 전 온전한 상태의 거울을 한 번도 본 적이 없으면서 말이다.

어쩌면 인간은 제각기 다른 위치에서 다른 눈眼을 치켜뜨며 생을 살아가는지 모른다.

'보는 행위'에도 나름의 유형과 갈래가 있다고 할까. 우선 어떤 대상을 아무 목적 없이 쳐다보는 건 '시視'

라고 할 수 있다. 영어로는 'look at'이다.

사물과 현상을 유심히 들여다보는 것은 '찰察'이니, 'watch'쯤 되지 않을까 싶다.

영화 〈아바타〉에는 "I see you나는 당신을 봅니다"라는 대사가 나온다. 'see'는 '견見'이다. 특별한 의도와 관심을 가지고 상대를 진득하게 바라보는 행위다.

수리부엉이처럼 맞은편을 뚫어지게 응시하면서 핵심을 파악하는 것은 '관觀'이다. 사물의 본질을 감지하는 것이므로 'perceive'에 해당한다. 이는 단순히 눈길을 모아 바라보는 것이 아니라 주관主觀이라는 인식의 틀로 상대를 끌어와서 판단하고 이해하는 것까지 아우르는 개념이다.

주관은 빛의 굴절과 분산을 일으키는 프리즘처럼 고유한 각도로 세상을 받아들이는 주체적 견해다.

주관이 스며든 글에는 작가의 개성이 묻어난다.

글쓴이의 독특한 꺾임 혹은 일종의 각角이 느껴진다

고 할까.

이 각이 살아 있는 글은 독자의 호기심을 자극한다. 예컨대 극도의 단문으로 밀어붙이는 정유정의 흡인력 있는 서사, 고요하면서도 때론 숨이 막힐 정도로 아름다운 한강의 문장, 강건하고 비장미 가득한 김훈의 문체는 독자를 책에 몰입하게 만든다.

글쓰기는 개성이라는 노를 저어 첫 문장에서 마지막 문장 사이의 바다를 건너가는 일이다. 개성이 부족한 작가는 지면과 화면이라는 망망대해에서 표류할 수밖에 없다.

개성이라는 그릇에 푹 담갔다가 나온 문장과 그렇지 않은 문장은 독자의 가슴에서 다른 방향으로 흐른다. 유튜브에서 2분 남짓한 영상을 본 적이 있다. 내용은 이렇다. 유럽의 어느 광장, 한 사내가 "나는 시각장애인입니다. 도와주세요"라고 적힌 팻말을 들고 동냥을 한다. 행인들 반응이 신통치 않다. 동냥 그릇은 텅텅 비어 있다.

잠시 뒤 검은 선글라스를 쓴 여인이 다가와 문장을 수정하고 홀연히 사라진다. 반전이 일어난다. 앞다퉈 지갑을 여는 게 아닌가. 팻말에는 다음과 같은 글귀가 적혀 있다. "아름다운 날입니다. 하지만 난 볼 수가 없네요."

[가] 나는 시각장애인입니다. 도와주세요.

[나] 아름다운 날입니다. 하지만 난 볼 수가 없네요.

두 문장의 무늬와 온도는 사뭇 다르다. 사내가 거짓말쟁이가 아니라면 [가]는 객관적인 사실을 문장으로 옮긴 것이다. 선線으로 치면 직선이다. 꺾이거나 굽은 데가 없다. 직선처럼 곧은 문장은 정직하기 그지없다. 정직하므로 의외성은 부족하다. 충분히 예측이 가능하다.

이와 달리 [나]는 곡선을 닮은 문장이다. 직접 말하지 않고 돌려 이야기한다. 문장을 쪼개보면, "아름다

운 날입니다"는 기상 상태를 판단하고 형용한 것이

므로 사실인 동시에 해석이다.

뒷부분의 "하지만 난 볼 수가 없네요"에는 아름다운

날을 직접 눈으로 확인할 수 없다는 아쉬움과 체념

이 오롯이 녹아 있다. 어쩌면 바로 이 표현이 행인들

의 마음 한구석을 저릿하게 만든 게 아닐까.

알면 알수록 점점 모르는 게 많아지는 영역이 있다.

글쓰기야말로 퇴적과 침식 작용을 동시에 당한다.

바지런히 쓰다 보면 글쓰기의 내공은 퇴적물처럼 쌓

이기 마련이다. 하지만 자신의 수준이 남보다 뛰어나

다는 착각에 사로잡혀 글쓰기를 우습게 여기는 순간,

오랜 세월 쌓은 문격文格은 허무하게 무너지고 어렵

게 다진 내공은 오만의 물살에 깎여 떨어져 나간다.

그래서 작가나 기자처럼 글을 짓는 일을 업으로 하

는 이들은 "갈수록 글쓰기가 어렵다"고 토로하는 게

아닐까 싶다. 물론 여기서 "어렵다"는 말은 정말 어

렵다는 뜻이라기보다 점점 글을 쓰는 일 자체가 엄숙하고 무겁게 다가온다는 의미일 테지만 말이다.

아마 이 글을 읽는 독자 중 상당수는 글을 익히는 과정에서 재능의 한계와 무력감을 느낀 적이 있을 것이다. 그런 경험이 전혀 없는 글쓰기 천재라면 이 책을 펼칠 일도 없었겠지….

천재는 무력한 감정이나 열패감 따위는 느끼지 않는다. 천재는 시간의 벽을 허물고 시작과 끝을 넘나드는 존재, 한마디로 과정이 없는 사람이기 때문이다.

고로 문재文才를 타고난 사람은 노트북 앞에서 머리카락을 쥐어뜯으며 시간과 노력을 기울이지 않아도 탁월한 문장을 남길 수 있다.

나를 비롯한 대부분 사람은 시간과 드잡이를 하는 수밖에 없다. '엉덩이력力과 필력은 비례한다'는 믿음을 가슴에 품고 문장을 매만지는 데 낮과 밤을 바쳐야만 한다.

천재가 아니라고 낙담할 필요는 없다. 우리에겐 개성이라는 비기祕器가 있다. 평범한 문장도 얼마나 독특한 방식으로 꺾고 자르고 꿰매느냐에 따라 얼마든지 비범한 문장으로 탈바꿈할 수 있다.

개성은 문장을 떠오르게 하는 날개다.

주관이라는 어깻죽지에서 돋아나는 개성을 날개처럼 퍼덕이는 순간, 모음과 자음은 율동하기 시작하고 단어는 추진력을 얻어 앞으로 나아간다. 단어에 가해진 추진력이 문장과 문단을 떠오르게 하는 양력을 발생시키면 어느 순간 한 편의 글은 중력을 이겨내고 붕 떠올라 독자를 향해 날아간다.

정신분석가 카를 구스타프 융은 인간이 정체성을 찾아가는 과정을 '개성화individuation'라고 정의했다. 개성화의 반대는 몰개성화일까? 글쓰기에선 스스로 개성을 의심하고 억누르는 것이야말로 개성화의 반대가 아닐까 싶다.

글을 써나가는 과정에서 개성화를 실현하려면 자신이 건너온 세월을 신뢰해야 한다. 지나온 제 삶을 부정하면서 개성 있는 문장을 구사하는 사람을 나는 아직 보지 못했다.

개성의 주된 성분은 시간이다.

인생의 모든 걸 녹일 수 있는 세월이라는 용매溶媒에 각자의 취향과 가치관과 경험을 풀어 넣고 휘휘 저어서 특유한 빛깔의 용액을 얻게 되면, 우린 그걸 개성이라고 부른다.

누군가 날 붙잡고 "믿음, 소망, 사랑 중에 제일이 무엇이죠?" 하고 물으면 난 1초의 망설임도 없이 "작가라면 당연히 믿음이죠"라고 답할 것이다.

짧지 않은 무명 시절 동안 내가 펜을 들고 버틸 수 있었던 이유는, 내 문장에 깃든 개성에 대한 믿음을 한순간도 잃지 않았기 때문이다.

문체

비수를 꺼내야 하나 검을 휘둘러야 하나

초등학교 때 기억이다. 일주일에 한 번꼴로 학교에 그림일기장을 제출했다. 선생님은 가장 잘 쓴 아이를 칠판 앞으로 불러내 직접 일기를 읽어보라고 했다.

부상副賞으로 공책을 받았기 때문일까. 일기장 제출을 거부하거나, "잠깐만요, 선생님. 일기를 평가한다는 발상 자체가 어처구니없는데요. 게다가 이건 사생활 침해 아닌가요?"라고 문제를 제기하는 학생은 없었다.

월요일 아침이었다. 아이들은 매일 밤 비몽사몽간에 써 내려간 그림일기장을 교탁 위에 올려놓았다. 수업이 끝날 무렵 선생님은 내 일기장을 어루만지며 말했다.

"이번에는 기주가 쓴 일기를 뽑았다. 하지만 낭독은 생략하자꾸나."

낭독 기회를 얻지 못한 것이 내심 서운했던 나는 입

술을 실룩거리며 선생님의 시선을 외면했다. 공책을
받기 위해 교무실로 내려가서도 선생님 앞에서 말없
이 눈을 내리깔았다.

"…."

"기주야, 일기 잘 읽었다. 참, 기주가 겪은 일을 모르
는 친구가 많을 것 같아서 읽지 말자고 한 거야…."

"네…."

오래전 일이라 내 기억 속에서 문장이 깎이거나 보
태졌을지 모르지만, 그때 난 아버지를 하늘나라로
떠나보내고 느낀 허전함을 일기장에 덤덤히 채워 넣
었던 것 같다.

"엄마는 아빠가 쓰던 물건을 보자기에 싸서 장롱에
밀어 넣었다. 이제 우리 집엔 낮에도 밤에도 아빠가
없다. 아빠의 흔적도 보이지 않는다. 책을 읽다 궁금
한 게 생겨도 물어볼 사람이 없다."

어린 시절 내 안에서 돋아난 호기심 대부분은 부모

와의 대화와 백과사전에 의해 충족됐다. 어머니와 아버지가 들려준 대답은 한 편의 시처럼 느껴질 때가 많았다.

조류도감을 들여다보다 무심결에 "난 커서 새가 될 거야" 하고 혼잣말을 중얼거린 적이 있다. 그때 아버지는 "그래? 그럼 어떤 새가 되고 싶은데?"라고 되물었다.

어머니 앞에서 "눈은 왜 차가운 거죠?" 하고 물으면 이런 설명이 돌아왔다.

"눈은 수증기가 하늘에서 떨어지면서 얼음처럼 차갑게 변한 거야."

"정말? 그런데 왜 변해요? 그냥 수증기로 떨어져도 되잖아요?"

"음, 지구에 오래 머물고 싶어서 그런 거지. 물컹한 상태로 땅에 닿으면 금방 사라지잖아."

아버지가 돌아가신 후부터는 궁금증이 머리에서 꿈틀거리면 홀로 다락방에 올라가 도감과 사전을 뒤적

여야 했다. 아니면 종일 질문을 품고 있다가 해 질 무렵 일을 마치고 귀가하는 어머니 앞에서 풀어놓거나.

한번은 수업 시간에 "비수匕首처럼 꽂혔다"는 말을 난생처음 접하고는 평소처럼 사전을 펼쳤다. 그때까지만 해도 비수가 검의 동의어인 줄 알았던 나는 둘 사이의 차이를 명확히 알게 됐다.

비수는 칼집과 칼자루의 크기가 거의 같은 단검이다. 길이가 30cm 정도에 불과해 근접전에서 재빨리 꺼내 들 수 있다. 쉽게 은폐할 수 있어서 암기暗器에 속한다. 사마천의 《사기史記》를 보면 자객이 연회에서 왕을 암살하기 위해 생선 속에 비수를 숨겼다는 기록이 나온다.

비수는 문장으로 치면 단문短文이다. 단문은 메시지를 명료하고 속도감 있게 드러낼 때 효과적이다. 잘 쓴 단문은 비수처럼 날카롭다.

길이가 긴 장문長文은 검에 비유할 만하다. 검은 비

수에 비해 날을 다양한 각도로 사용한다. 찌르고 베는 것뿐 아니라 뻗어서 끊고 뚫을 수도 있다.

어설픈 검술 실력으로는 마음껏 휘두를 수 없다는 점이 걸림돌이다. 검의 주인이 되려면 그에 걸맞은 내공과 마음가짐이 필요하다. 과거 일본에서 검이 널리 보급되기 전에는 일정 수준 이상의 훈련을 받은 상급 무사와 황실에 속한 자만이 검을 소지할 수 있었다. 검은 신분을 증명하는 수단이기도 했다.

적의 심장에 비수를 꽂듯 단문을 능란하게 사용한 작가는 여럿이지만, 군계일학은 단연 어니스트 헤밍웨이가 아닐까 싶다.

평론가들은 그의 간결하고 힘 있는 문체를 가리켜 '하드보일드hard-boiled'라고 칭했다.

이는 원래 뜨거운 물에 달걀을 푹 삶는 조리법에서 나온 말로 19세기 초까지만 해도 '도박판에서 대가를 지불하지 않는 사람'이란 뜻을 지녔으나, 이후 미

국 문학계에서 변용 과정을 거치면서 '감정을 잘 드
러내지 않고 사실적으로 묘사하는 기법'을 일컫는
용어로 뜻이 굳어졌다.

헤밍웨이의 문체를 엿볼 수 있는 일화가 있다. 헤밍
웨이와 동시대 작가인 윌리엄 포크너의 웅장하고 호
흡이 긴 글을 즐겨 읽는 한 지인이 조롱기를 섞어 내
기를 걸었다.

"이봐, 헤밍웨이. 혹시 여섯 단어만으로 소설을 완
성할 수 있겠나? 그럼 내가 자네의 필력을 인정하
겠네!"

헤밍웨이는 그 자리에서 여섯 단어짜리 문장을 남긴
것으로 전해진다. 내기를 제안한 사람은 이를 읽고
는 더는 헤밍웨이를 조롱하지 않았다고 한다.

For sale: Baby shoes. Never worn.

우리말로 번역하면 "팝니다. 한 번도 신은 적 없는

아기 신발입니다" 정도의 뜻이다.

벼룩시장에 내걸리는 흔하디흔한 문구 같지만 뭔가 사연이 있어 보인다. 문장 너머에 슬픈 이야기 한 토막이 버티고 있는 느낌이다. 신발을 내다 팔기로 한 사람은 무슨 일을 겪었을까. 잠시 상상해봤으면 한다. 아이를 가지려 했으나 생기지 않자 병원을 찾았다가 불임 진단을 받은 부부일까. 그게 아니면 신발 한 번 신겨보지 못한 채 사고로 갓난아기를 잃고 실의에 빠진 부모일까….

위 문장은 여섯 단어에 불과하지만 독자의 머릿속에 물음표와 느낌표를 남기기에 충분하다. 불필요한 표현을 찾을 수 없고 필요한 표현은 빠진 게 없다.

커다란 감동이 꼭 커다란 문장에서 비롯되는 건 아니란 사실을 증명이라도 하듯이 말이다.

단, 무조건 짧고 간결한 문장이 능사는 아니다. 칼날처럼 날카로운 단문으로 글을 엮든 비유와 꾸밈말을 섞어가며 복잡한 중문과 복문을 이어 붙이든 그건 그리 중요한 문제가 아니다.

어떤 문체가 좋고 어떤 문체가 나쁘다고 딱 잘라 우열을 가릴 수 없다. 아니, 가려서도 안 된다.

한 가지 분명하게 말할 수 있는 것은, 아름다운 글은 대개 정확한 글이라는 점이다. 여기서 '정확한'의 뜻은 '바르고 확실한'이라는 사전적 의미를 훌쩍 뛰어넘는다.

머릿속에 떠도는 생각과 감정을 자신만의 문체로 낚아채서 독자가 분명히 이해할 수 있는 언어로 펼쳐냈디면, 그렇게 정성껏 어긋매어 엮어낸 문장의 물결에 삶의 고뇌와 진실을 오롯이 담아냈다면 문장의 호흡과는 상관없이 정확한 글로 간주해야 한다.

지난 2017년에 타계한 박상륭 소설가야말로 정확하면서도 아름다운 문체의 소유자였다.

군 복무를 마치고 복학하기 전에 대학 도서관에서

아르바이트를 한 경험이 있다. 반납된 책의 상태가 온전한지 확인한 다음 다시 서가에 꽂고 정리하는 일을 주로 했다.

그러던 어느 날, 펼쳐보는 사람이 거의 없어서인지 서가 구석에서 먼지를 잔뜩 뒤집어쓴 채 쓸쓸하게 늙어가는 책 한 권이 눈에 들어왔다. 박상륭의 소설 《죽음의 한 연구》였다.

표지를 넘기자마자 해일이 바닷가를 덮치듯 난해한 만연체 문장이 밑도 끝도 없이 밀려왔다. 끝까지 읽어낼 엄두가 나지 않았다.

그런데도 손에서 책을 놓을 순 없었다. 관습적인 어법을 깨트리며 한 땀 한 땀 빚어낸 듯한 정교한 수공예품 같은 문장에서 판소리 가락을 방불케 하는 묘한 리듬감이 느껴졌기 때문이다.

뭐랄까. 페이지를 넘길수록, 사람이 칼이 되고 칼이 사람이 되는 이른바 '신도합일身刀合一'의 경지에 이른 무인武人이 춤추듯 검을 휘둘러 적군이 추풍낙엽처럼 쓰러지는 모습이 연상됐다.

기원전 메소포타미아 지역에서 문명을 일으킨 수메르인은 인류 최초의 문자로 알려진 쐐기 모양의 설형문자를 점토판에 새겼다.

이때 나름의 도구를 사용했는데 이를 '스틸루스stilus'라고 불렀다. 문체를 가리키는 영어 단어 스타일style이 여기서 유래했다.

학자들이 연구한 바에 의하면, 수메르인은 문자를 기록할 때 뾰족한 갈대를 이용하거나 끝을 날카롭게 만든 쇠붙이를 사용했다.

그렇다면 그들은 점토판을 마주할 때마다 사소한 선택의 기로에 놓이지 않았을까? 이번엔 갈대와 쇠붙이 가운데 어떤 도구를 움켜쥐는 게 좋을까 하고 말이다.

스타일, 그러니까 문체를 택하는 일은 예나 지금이나 그리고 어디까지나 글을 쓰는 사람의 몫이다.

글을 써나가는 과정에서 작가가 내리는 무수한 판단과 선택, 세상을 바라보는 시선 등이 텅 빈 여백에 점點처럼 찍히고, 그 점들이 모여 일정한 방향의 선線으로 그어질 때 문장마다 고유한 개성이 입혀진다. 그때 비로소 작가의 문체가 솟아난다.

제
목

독자가 가장 먼저 읽는 글

일어날 '기起', 두루 '주周'. '두루두
루 일어나라'는 뜻에서 할아버지께서 지어주신 이름
이다.

평소 말수가 적었던 할아버지는 몸이 쇠약해져 병원
에 입원해서도 좀처럼 말씀을 하지 않으셨다. 새근
새근하는 숨소리를 내며 종일 누워만 계셨는데, 그
모습은 마치 다른 세계 속으로 걸어 들어가 스스로
문을 잠근 채 잠이 든 사람처럼 보였다.

할아버지는 마지막 날에 이르러서야 겨우 입을 열어
"손…"이란 말씀을 남기고는 편안히 눈을 감으셨다.
이는 무심결에 튀어나온 게 아니라 할아버지의 가슴
속에서 태어나고 자라다가 입술이 벌어지는 틈을 타
간신히 빠져나온 단어처럼 느껴졌다.

이승과 저승의 경계를 헤매는 동안 할아버지는 손을
뻗어 마지막으로 가족의 온기를 느끼고 싶었으리라.
다만 "이리 오렴, 기주야" 하고 발음할 기력이 부족
했던 탓에 "손…"이라고 속삭이듯 말씀하신 게 아닐

까 싶다.

이름을 부르는 일은 그저 이름의 주인과 다른 사람을 구별하는 행위가 아니다.
어떤 경우에는 내 마음이 상대의 마음에 닿기를 바라며 외치는 간절한 절규와 다름없다.
이름은 숭고하다. 숭고하지 않은 이름은 없다. 그러므로 이름을 부르는 일만큼이나 이름을 짓는 일도 소홀히 해선 안 된다.
어쩌면 사람의 이름뿐 아니라 글의 이름인 제목을 구상할 때도 정성을 쏟아야 하는지 모른다. 한 자 한 자 진심과 눈물을 잉크 삼아 써 내려간 글이 독자의 마음에 가닿길 바란다면 말이다.

제목은 '작품이나 강연에서 그것을 대표하거나 내용을 보이기 위하여 붙이는 이름'이란 사전적 의미를 갖는다. 적절한 설명 같지만 개념이 확 와닿지는 않는다.

제목, 하면 나는 출입문의 손잡이를 떠올리곤 한다. 건물에 들어가려면 문에 달린 손잡이를 잡아당기거나 돌려서 출입문을 열어젖혀야 한다. 건물과 사람 간에 이뤄지는 최초의 물리적 접촉은 손잡이에서 일어난다. 손잡이는 건물과 사람을 연결한다.

제목의 역할도 비슷하다. 독자는 본문으로 들어가기 전에 제목과 마주한다. 표지에 박혀 있는 제목을 곱씹으면서 전반적인 내용을 유추하고 주제와 흐름을 짐작한다. 어떤 독자는 제목만 보고 페이지를 넘길 것인지 말 것인지 결정하기도 한다.

쉽게 말해, 제목은 독자가 가장 먼저 읽는 글이다.

미국의 출판인 앙드레 버나드는 "제목은 책의 눈동자"라고 했다. 제목을 정하는 일이야말로 글쓰기의 화룡점정畵龍點睛이다. 한 편의 글이 용의 몸통이라면 제목은 용의 눈이다. 몸통을 아무리 잘 그려도 눈을 그려 넣지 않으면 죽은 그림이 되고 만다.

제목은 책의 운명을 좌우하는 요소 중 하나다. 당연히 출판사는 책의 가치를 높일 제목을 찾기 위해 고민에 고민을 거듭한다.

한때 '정의' 열풍을 불러일으킨 마이클 샌델 교수의 《정의란 무엇인가》는 미국에서 《정의Justice》라는 다소 밋밋한 제목으로 출간됐으나 국내 출판사가 책을 들여오는 과정에서 의문형 제목으로 다듬은 것이다. 켄 블랜차드의 《칭찬은 고래도 춤추게 한다》는 수족관에서 범고래가 점프하는 모습을 보다가 떠올린 의문에 답을 찾고자 쓰기 시작한 책으로, 원제는 《고래야 잘했다Whale done》이다. 원제만 놓고 보면, 자칫 범고래 훈련법이 아닐까 하는 오해를 낳을 수도 있음 직하다.

책 제목에 얽힌 사연은 차고 넘친다. 제인 오스틴이 애초에 '첫인상'이라는 이름으로 탈고한 소설은 편집 과정을 거치면서 그 유명한 《오만과 편견》으로 제목을 갈아입었다.

김훈 작가의 소설 《칼의 노래》는 광화문에 이순신 장군의 동상이 있다는 이유만으로 하마터면 '광화문 그 사내'로 출간될 뻔했다는 후문이다.

장 폴 사르트르는 《문학이란 무엇인가》에서 문학의 언어를 '사물의 언어'와 '도구의 언어'로 나눴다.

전자는 작가의 내면에서 아무런 목적 없이 충동적으로 태어나는 투명하고 순수한 언어다. 시의 언어가 대표적이다. 후자는 작가의 생각과 감정을 독자 앞에 드러내기 위해 언어를 도구로 삼는 경우다. 산문의 언어가 여기에 속한다.

그럼 제목은 도구의 언어인가? 아니면 사물의 언어인가? 질문을 다듬어서 다시 던져보자. 좋은 제목은 두 요소 사이에서 어느 쪽으로 기울어야 하는가?

글쎄다. 글의 목적과 장르에 따라 다르겠지만, 어느 한쪽으로 완벽하게 쏠리는 경우는 별로 없는 것 같다.

본문에 활기를 불어넣는 제목을 '활제活題'로 명명할
수 있을 텐데, 이런 제목은 대개 도구의 언어와 사
물의 언어가 절묘하게 포개지는 지점에서 솟아나곤
한다.

서점을 배회하다 보면 기발한 제목으로 독자의 걸
음을 멈추게 하는 책이 종종 눈에 띈다. 운이 좋으면
책의 저자와 편집자를 직접 만나 제목에 관해 이야
기를 주고받을 때가 있다.

이때 농담 삼아, 아니 진담일 수도 있는데, "좋은 제
목요? 당연히 많이 팔리는 책의 제목이 좋은 제목이
죠. 왜 그런 걸 물어보세요?"라는 식으로 가볍게 말
하는 사람이 없는 건 아니지만, 대부분 피가 되고 살
이 되는 이야기를 아래와 같이 진중하게 들려준다.

"표지라는 바다에서 제목이 목적성을 잃고 표류해선
안 됩니다. 제목에는 저자가 말하고자 하는 바와 책
이 제시하는 방향이 잘 내포되어야 해요. 다만 그런

제목은 억지스러운 조어造語에 매달릴 땐 잘 떠오르지 않더군요. 뭔가에 홀린 듯이 덜컥 움켜쥘 때가 많은 것 같아요. 칠레 시인 파블로 네루다의 '어느 날 시가 내게로 왔다'는 문장처럼 말이죠."

신문사 편집부에 근무하던 시절, 네루다의 이 문장을 내 방식으로 바꿔 '어느 날 좋은 제목이 내게도 오겠지…'라고 굳게 믿으면서 종일 제목과 씨름하며 지낸 적이 있다.

독자의 무릎을 탁 치게 만드는 제목을 구상하는 건 만만한 일이 아니었다. 업무를 익히느라 애를 많이 먹었고 또 욕도 많이 먹었다.

편집은 창조라기보다 재창조 혹은 재구성에 가깝다. 편집 과정은 기존에 존재하는 것을 다른 방식으로 섞고 배열해서 새로운 구조와 결론을 끌어내는 일이다. 편집 기자의 일도 이 범주를 크게 벗어나지 않는다. 가제목假題目이 달린 원고가 사내 데이터베이스DB

에 올라오면 이를 꼼꼼히 읽고 기사의 가치와 의미를 살펴 제목을 확정하고 최종적으로 지면에 배치하게 된다.

이 과정에서 선배 편집 기자는 후배 기자를 향해 "잘 뽑아야 해", "제목은 큰 글씨로 뽑는 기사라는 걸 명심해"라는 이야기를 들려주며 동사 '뽑다'의 중요성을 수없이 강조한다.

실제로 편집 기자들은 전체 내용에서 핵심 글귀를 추출抽出 하듯 제목을 뽑아내는 경우가 많다. 제목의 기본 역할은 본문의 내용을 압축적으로, 그리고 효과적으로 드러내는 데 있기 때문이다.

다만 입에 착착 감기는 제목을 뽑아 독자의 호기심을 자극한다는 미명 아래 '절름발이 행정', '외눈박이 행태', '귀머거리 정책' 같은 표현을 글 앞부분에 박아 넣는 건 문장의 품격을 떨어트리는 지름길이다. 이런 제목에는 '장애인은 비정상적인 신체의 소유자'라는 그릇된 가정이 깔렸다. 조악한 발상이다.

제목에 너무 많은 정보를 욱여넣어서 독자가 본문을 상상할 기회를 아예 박탈하거나, 너무 두루뭉술한 제목을 내세워서 어떤 내용인지 전혀 짐작할 수 없게 만드는 것 또한 활제의 반대인 사제死題에 해당한다. 글을 죽이는 제목이다.

노자는 《도덕경》에서 절제의 미덕을 강조하며 "광이불요光而不燿"라는 글을 남겼다. 빛나되 번쩍이지 않는다는 의미다.

처세處世에 대한 조언으로 읽히지만, 내겐 제목이 지녀야 하는 요건에 관한 이야기로 다가온다.

제목은 너무 번쩍거릴 정도로 빛을 뿜지 않아야 한다. 적당히 빛을 비춰 독자가 책 속에서 길을 잃지 않도록 도와줄 수 있으면 그것으로 충분하다.

주
제

때론 글을 떠받치는 기둥이 필요하다

한 남자가 노를 저어 강을 건너고 있었다.

느닷없이 배 한 척이 다가와 충돌할 뻔했다.

배가 기우뚱하자 남자는 화가 났다.

"야, 이 나쁜 놈아!" 하고 외치려는 찰나,

배 안쪽을 들여다보니 아무도 없는 게 아닌가.

"뭐야. 빈 배잖아."

남자는 욕을 퍼부을 대상이 없으므로

욕을 목구멍으로 도로 집어넣었다.

그는 다시 노를 저어 물길을 텄다.

이때 다른 배가 나타나 또 충돌할 뻔했다.

이번에는 사공 한 명이 타고 있었다.

남자는 벌컥 화를 내며 소리를 질렀다.

"야, 이 나쁜 놈아. 뱃길을 똑바로 읽고 다녀!"

《장자莊子》에 나오는 '빈 배' 이야기를 재구성한 것

이다. 남자는 빈 배 앞에선 입을 다물었으나 사공이
타고 있는 배와 부딪칠 뻔하자 냅다 소리를 질렀다.
장자는 무엇을 말하고 싶었던 것일까.

이는 수학이나 물리학 문제가 아니므로 정답을 구
하기 위해 애쓸 필요가 없다. 해석은 자유다. 혹자는
대인 관계에 대한 우화로 받아들일 테고, 혹자는 분
노를 다스리는 방법에 대해 생각해볼지도 모르겠다.
얼핏 비슷한 이야기도 사람에 따라 다르게 읽히는
법이다. 어디에 어떤 방점을 찍어서 내용을 어떻게
해석하느냐에 따라 각자 짚어내는 주제가 달라지기
때문이다.

주제는 예술 작품에서 창작자가 나타내고자 하는 기
본 사상이다. 글쓰기에선 글 속에 담겨 있는 글쓴이
의 중심 생각이 주제다.

주제는 작가와 독자를 이어주는 길을 내곤 한다. 문
장을 타고 흘러내린 작가의 생각과 감정은 책을 가
로질러 주제라는 물길을 따라 독자의 마음속으로 흘

러 들어간다.

언론사에 입사해 직무 교육을 받던 때가 떠오른다. 수습 교육을 담당하던 차장급 기자는 '너희도 한번 당해 봐라' 하는 표정을 지으며 대뜸 연습장을 건넸다.

"오늘부터 매일 깜지일명 '빽빽이' 한 장씩 채워서 제출하도록!"

고참 기자의 기사나 유명 작가의 책을 틈틈이 들여다보고 필사하면서 스스로 글쓰기 연습을 하라는 것. 연습장을 받아들 때만 해도 어이가 없었다. 합법적인 방법으로 후배를 괴롭히려는 모종의 음모가 아닐까 하는 생각도 들었다. '아니, 지금이 어떤 시대인데 이런 과제에 매달려야 하지?'

"다들 어이가 없다는 표정이네? 그래도 도움이 될 거야. 꾸준히 해봐!"

꾸준히 해본 결과, 선배의 말이 맞았다. 글감을 찾고 문장을 엮는 방법을 시나브로 터득할 수 있었다.

이 '깜지 훈련'은 굳이 따지면 '학學'보다 '습習'에 가까웠다. 전자는 책을 펼쳐 밑줄을 그어가며 공부하는 일이다. 'study'와 유사하다. 후자는 'learn'이다. 읽고 쓰는 것뿐 아니라 특정한 행위를 반복적으로 연습함으로써 방법과 기술을 얻는 일이다.

매일 연습장을 검게 물들이며 글쓰기의 기본을 익혀가던 어느 날이었다. 어렵사리 기사를 써서 마감 전에 첨삭을 받기 위해 선배 기자에게 송고했다. 칭찬은 못 받아도 혼나진 않겠거니 생각하고 있었는데, 전화기 너머에서 들려오는 선배의 목소리에는 답답함이 잔뜩 묻어 있었다.

"뭐야, 이거 일기야? 손으로 쓴 거야, 발로 쓴 거야? 주제가 없잖아. 기사를 관통하는 핵심이 보이지 않잖아!"

칠팔 년쯤 지나 이와 비슷한 경험을 다시 겪게 됐다.

이번엔 입장이 바뀌었다.

내 손에 빨간 펜이 쥐어졌다. 기자직 응시자들이 제출한 시험지를 채점하게 된 것이다. 필사적으로 쓴 글이므로 나도 눈에 힘을 주고 필사적으로 읽었다.

언론사 필기 전형은 대개 비슷하다. 제시어와 쟁점이 주어지면 응시자는 일정 시간 안에 일정 분량의 작문과 논술문을 손 글씨로 써서 제출해야 한다.

채점자의 공감을 얻는 글은 요리로 치면 '코스 요리'가 아닌 '단품 요리'인 경우가 많다.

글쓴이의 경험과 생각이 너저분하게 흩어져 있는 작문, '장점이 있고 단점도 있네'라는 식으로 기계적 중립을 취하거나 현학적인 표현을 지지고 볶아 복잡한 코스 요리처럼 빚어낸 논술에 후한 점수를 주긴 어렵다. 이런 유형의 글은 반찬을 수십 가지 늘어놨지만 정작 먹을 게 없는 상차림을 연상케 한다.

반면 이른바 '글발'은 조금 부족해도 독창적인 시각으로 일상을 들여다보고 간결한 문장과 선명한 주제로 의견을 뚜렷하게 드러낸 경우, 그러니까 자신만의 조리법으로 정성껏 지은 1인분 돌솥밥 같은 글이 상대적으로 좋은 점수를 얻는다.

물론 글쓰기는 정답이 없는 세계다. 온라인상에서 개인적으로 작성한 포스팅과 일기 같은 글에 점수를 매길 순 없다. 감히 누가 누구의 글을 판단할 수 있단 말인가.

주제와 교훈 따위는 없어도 좋다. 억지로 설정한 주제가 글에 자연스럽게 녹아들지 않고 높다란 장벽처럼 세워지면, 문장이 흐르고 뻗어나가는 걸 방해하기도 하니 말이다.

입학과 취업 시험에서 쓰는 글이라면 얘기가 달라진다. 이는 지원자의 글쓰기 실력을 평가하기 위한 것으로 다분히 목적성을 띤다.

이 경우 글의 뼈대를 이루는 주제를 중심축으로 해서 문장을 매끄럽게 연결해야 글의 목적과 방향이 흔들리지 않는다. 그래야 글에 개연성과 설득력이 생기고, 나아가 한 번에 수백에서 많게는 수천 편의 글을 읽는 채점자의 고개를 끄덕이게 할 수 있다.

특히 자기소개서야말로 명확한 주제로 글을 떠받치는 게 좋다.

자기소개서는 '나'라는 집을 입체적으로 짓고 밖으로 드러내는 글이다.

백화점 물품을 진열하듯 스펙과 경력을 두서없이 나열한 글로는 '나'를 알리기 어렵다. 평면성을 탈피해야 한다.

어떤 활동에서 무엇을 느끼고 깨달았는가를 각 단락의 소주제로 삼고, 그것이 지원 동기와 어떤 관련이 있는가를 대주제로 세워서 촘촘히 문장을 엮으면 글에 입체성을 부여할 수 있다. 자기소개서라는 틀 위에 '나'를 쌓아 올릴 수 있다.

화살은 곧게 비행하지 않고 좌우로 흔들리며 날아간다. 시위를 놓는 순간 화살 뒤쪽에 강한 힘이 실리는 데, 이때 무게 중심이 있는 앞부분을 가벼운 뒷부분이 앞서 나가려고 해서 힘의 충돌이 일어나는 탓이다. 이를 '궁사의 패러독스'라고 한다.

전통 활의 경우 이 휘청거림을 줄이기 위해 맹금류의 깃털로 만든 '깃'을 화살 끝에 꽂는다.

한 편의 글과 이를 지탱하는 주제는 화살과 깃의 관계와 비슷하다. 주제는 글이 흔들리지 않도록 중심을 잡아주는 역할을 한다.

정교하게 다듬은 주제가 글을 단단히 떠받칠 때 펜 끝을 떠난 글쓴이의 의중이 허공을 헤엄쳐 독자의 마음에 무사히 도달한다. 휘청거림 없이 스스로 중심을 잡아가며.

결
말

매듭을 지어 마무리하다

돌이켜보면 어머니는 수술실에 들어가시기 전에 두렵다거나 더 살고 싶다는 말은 한 번도 꺼내지 않았다. 어머니께선 늘 눈을 지그시 감은 채 "너 같은 아들 만나서 고마웠다…"라고 말소리를 죽이며 소곤거렸다.

살다 보면 소중한 사람을 잃어버릴 수 있다는 불안감에 휩싸일 때가 있다. 그때 우린 마음속에 꼭꼭 숨겨둔 진심 어린 말을 필사적으로 건져 올리곤 한다. 왜일까? 내 짐작은 이렇다. 어쩌면 마지막이 될지도 모른다는 생각에 눈물이 솟구치면서 마음 안쪽에 달라붙어 있던 진심까지 힘차게 밀어 올리는 게 아닐까. 마지막일지도 모른다는 생각에….

'마지막'은 '아버지'와 '어머니'처럼 굳이 소리 내 발음하지 않아도 괜히 사람을 울컥하게 만드는 단어다. 인생은 유한하고 모든 일에 끝이 있다는 사실을 누구나 알고 있지만, 마지막에 이르러 이를 평온하게 받아들이는 사람은 드물다. 삶의 끄트머리에 걸터앉는 순간 '이제 끝이구나' 하는 씁쓸한 체념과 함께 찡한 그리움이 밀려오고 그리움은 서서히 기억으로 옮아가기 시작한다.

삶에 끝이 있듯 글에는 결말結末이 있다. 맺을 '결結'은 실 사絲에 길할 길吉이 결합한 형태다. 그래서 결말은 '실로 묶다', '실로 매듭을 지어 마무리하다'라는 뜻을 지닌다.

잘 매듭지은 결말은 그 문장만의 향기, 곧 문향文香을 남긴다.

문향은 쉽게 부스러져 흩날리지 않는다.

독자의 마음속으로 고스란히 배어든다.

그곳에서 지지 않는 꽃이 된다.

자연스레 물음이 올라온다. 좋은 결말은 과연 어떤 결말인가? 내 대답은 "글쎄올시다"에 가깝다.

"좋은 결말은 이러이러해야 합니다. 마무리는 이런

방법으로 작성하는 게 바람직해요"라고 단언할 수 있는 사람이 몇이나 되겠는가. 게다가 나쁜 결말과 좋은 결말을 누가 무슨 기준과 근거로 판별할 수 있단 말인가.

그저 글쓴이 입장에서 마음에 드는 결말과 그렇지 않은 결말 혹은 덜 쓴 결말과 더 쓴 결말만이 존재할 뿐이다.

질문은 계속된다. 그래도 글을 마무리하는 나름의 요령은 있다고 봐야 하지 않을까? 이 역시 반은 맞고 반은 틀린 말이 아닐까 싶다.

보고서와 제안서 같은 비즈니스 문서는 '회사의 언어'라고 해도 과언이 아니다. 따라서 세월의 흐름 속에서 수북이 쌓인 노하우를 바탕으로 문서의 끝부분을 동여매야 한다. 그래야 조직 내 의사소통 수단으로서 가치를 지닌다.

'문서 작성'이라는 영역을 뛰어넘으면 울타리 너머에 훨씬 드넓은 초원이 펼쳐진다. 글쓰기의 세계가 지닌 방대함과 복잡성을 하나로 꿸 수 있는 선명하고 단순한 원리가 과연 존재할지 의문이다.

오히려 글쓰기 책과 강좌에서 자주 언급되는 요령을 획일적으로 적용해 글을 종결하다 보면 자칫 똑같은 틀로 구운 빵처럼 비슷한 구조의 결말을 양산할 수도 있다.

'훌륭한 마무리를 위한 표준 매뉴얼'은 존재하지 않는다. 설령 오지랖이 넓은 어느 작가가 그런 지침을 만들어 삼천리 방방곡곡에 배포한다 해도 모든 장르에 통용될 리가 없다.

독서는 작가가 닦아놓은 '활자의 길'을 각자의 리듬으로 산책하는 일이다.

산책로를 걸으며 무엇을 보고 듣고 느낄지는 전적으로 독자의 몫이다. 다만 애초에 어떤 산책 경로를 구성하고 입구와 출구를 어떻게 꾸밀지는 작가의 선택과 취향에 달려 있다.

영어 단어 '디자인design'은 '윤곽을 잡다', '계획하다', '설계하다' 등의 뜻을 지닌 라틴어 '데시그나레designare'에서 유래했다. 모든 디자인에는 디자이너의 의도와 계획이 배어 있기 마련이다.

옷과 가구처럼 눈으로 보고 손으로 만질 수 있는 제품만 디자인을 거쳐야 하는 건 아니다. 글의 끝부분을 구상할 때도 나름의 의도를 가지고 각자의 방식으로 디자인을 입힐 필요가 있다고 본다.

난 막바지에 이르러 문장을 보태느냐, 아니면 덜어내느냐에 따라 결말의 디자인을 다르게 가져가는 편이다.

가장 선호하는 방식은 결말의 표면을 깎아서 벗겨내거나 호미로 굳은 땅을 긁듯 마지막 단락을 움푹 파내는 방법이다.

막판에 미주알고주알 설명하기보다 문장의 꼬리를 단칼에 잘라버림으로써 글에 적당히 갈라진 틈을 만들어 독자 스스로 자신의 사유와 삶을 재료 삼아 자유롭게 그 틈을 메우도록 돕는 것이다.

이와 달리 결미에 얇은 문장을 창호지처럼 덧발라가며, 완만한 내리막길을 내려오듯 천천히 글을 닫아야 할 때도 있다.

가령 사업 제안을 위해 작성하는 글은 본론에서 언급한 내용이라도 결말에서 한 번 더 강조하거나 짤막하게 요약할 필요가 있다. 제안의 목적과 개선 방안을 재차 환기하는 효과가 있기 때문이다. 이런 유형의 갈무리는 본문의 흐름을 급격하게 틀지 않고 글이 자연스럽게 귀결되도록 유도할 때 자주 쓰인다.

다만 글이 종결되는 속도를 너무 늦추다 보면 "쌀로 밥을 지을 수 있습니다" 같은 문장처럼 해도 그만 안 해도 그만인 말을 번잡하게 늘어놓게 되고, 결국 글의 끄트머리를 지저분하게 만드는 부작용을 낳기도 한다.

뭐든 꼬리가 길면 밟히는 것뿐만이 아니라, 자칫 그

꼬리가 몸통을 짓밟거나 훼손할 가능성도 있다.

지난 1992년 미국 대선에선 당시 공화당 후보 조지 H. W. 부시 대통령과 민주당 후보 빌 클린턴 아칸소 주지사가 견원지간을 방불케 하는 난타전을 벌였다. '진흙탕 싸움'의 승자는 클린턴이었다.

이듬해 백악관을 떠나면서 부시는 "이걸 읽을 때쯤이면 당신은 대통령이 돼 있겠죠"라는 문장으로 시작하는 편지를 책상에 올려놓았다.

미국 정가에서 패자의 품격을 보여준 사례로 두고두고 언급되는 이 편지에는 전임 대통령으로서 건네는 조언과 당부, 그리고 화해의 손길이 담겨 있었다.

"앞으로 공정하지 않은 비판 때문에 힘든 시기를 겪을 수도 있겠지만 결코 낙담하거나 길을 벗어나지 않았으면 합니다. 당신의 성공이 곧 우리 나라의 성공이기 때문입니다. 당신을 응원하겠습니다."

우리를 둘러싼 모든 것은 시간 앞에서 언젠가 허물

어지고 만다.

삶이 헐려서 무너진 자리에 가장 먼저 들어서는 건, 마지막 순간에 대한 기억이다.

한 권의 책도 마찬가지다. 책을 덮는 순간 활자는 눈앞에서 사라지지만, 마지막 페이지를 어루만질 때 떠올린 생각은 허공으로 날아가지 않고 독자의 머릿속에서 한동안 생을 이어간다. 글의 서두 못지않게 결말에 공을 들여야 하는 이유가 여기에 있다.

여
백

가장 본질적인 재료

어느 시인의 사연이다.

시인은 수년간 남편 곁에서 병간호에 매달렸다.

남편은 희망의 끈을 놓지 않고 병마와 싸웠지만

오랜 투병 생활 끝에 눈을 감았다.

시인이 남편을 하늘로 떠나보낸 지 몇 달 뒤였다.

창밖으로 계절의 변화를 알리는 비가 내렸다.

시인은 두 손으로 빗방울을 받아내며 말했다.

"여보, 오늘은 종일 비가 올 것 같아요."

시인은 뒤를 돌아보았다.

남편의 빈자리가 눈에 들어왔다.

시인은 깊이 깨달았다고 한다.

일상의 이야기를 주고받던 사람이 곁을 떠나면

빈자리에 허전함과 서러움이 채워진다는 것을.

시인은 문득 떠올렸다고 한다.

남편의 육신이 무너져가던 어느 날
자신만 들을 수 있는 소리로 수없이 외쳤던
"제발 내 곁에 머물러줘요"라는 문장을.

차를 몰고 강변을 달리다 라디오에서 흘러나온 시인
의 이야기를 귀에 담았다. 시인은 추적추적 내리는
비를 바라보며 지금은 세상에 없는 남편에게 말을
걸었다.

남편의 빈자리가 휑하게 드러나는 순간 시인의 마
음은 으깨어졌으리라. 천 갈래 만 갈래로 찢어졌으
리라….

소중한 사람의 빈자리는 아무것도 없는 무無의 공
간이 아니다. 쓰라린 사연이 블랙홀처럼 모든 걸 송
두리째 삼켜버린 상태다. 이는 공백이 아닌 여백이
다. 공백과 여백은 엄연히 다르다. 공백은 애당초 아
무것도 채워지지 않은 공간이므로 공란과 비슷한 반
면, 여백은 곁에 머물던 무언가가 빠져나간 후 채 가

시지 않은 여운에 가깝다.

여백은 존재가 아닌 부재不在의 결과다. 만나고 헤어
져야, 다가왔다가 멀어져야, 소유하던 것을 잃어버
려야 여백에 닿을 수 있다.

때론 눈물이라는 열쇠로만 우린 '여백의 문'을 열 수
있다.

피천득 선생의 수필《인연》은 풍성한 여백이 행간을
메운다. 선생은 유학 시절 아사코라는 여성과 맺은
인연을 회상하며 아스라한 추억에 잠긴다.

"그리워하는데도 한 번 만나고는 못 만나게 되기도
하고, 일생을 못 잊으면서도 아니 만나고 살기도 한
다. 아사코와 나는 세 번 만났다. 세 번째는 아니 만
났어야 좋았을 것이다."

《인연》의 마지막 단락에 새겨진 연꽃 같은 문장이
다. 읽을수록 묘한 헐거움이 느껴진다. 성기고 거친
것과는 다르다. 여백을 지우개 삼아 불필요한 문장

을 지우고 글의 이음매를 일부러 느슨하게 연결한 듯하다.

이쯤에서 괜한 상상을 해본다. 인생의 황혼기에 접어든 선생이 아사코를 잊지 못한 나머지 어느 날 갑자기 현해탄을 건너 그녀를 다시 찾아갔다면 수필의 제목은《인연》이 아니라 '재회'가 됐을지도 모를 일이다. 만약 그랬다면 글의 여백은 물론 여운도 적잖이 줄어들지 않았을까 조심스레 생각해본다.

채움이 아닌 비움이 여운을 남기는 사례는 날마다 우리 곁을 스쳐 지나간다.

몇 해 전 뉴타운 공사가 한창인 지역을 지나다 아파트 분양을 알리는 현수막을 유심히 들여다보았다. 현수막에 박혀 있는 문구는 거의 비슷했다. '지하철역에서 도보로 5분', '초중고 인접', '합리적인 분양가에 중도금 무이자 혜택까지' 같은 문장들이 점령군처럼 현수막을 빼곡하게 장악하고 있었다. 보험 상품 약관 하단에 적혀 있는 깨알 같은 글자처럼 유심히 살피지 않으면 당최 알아볼 수가 없었다.

차를 돌리려는 찰나, 사뭇 다른 분위기의 광고 문구가 눈에 들어왔다. 바람에 나풀거리는 하얀 현수막 한가운데를 짧은 문장이 가로지르고 있었다.

"여보, 우리 마지막 이사는 여기로 갑시다!"

'동양화의 이단아'로 불리는 김호득 수묵화가는 한 언론 인터뷰에서 연륜이 쌓일수록 여백을 그리는 데 힘을 쏟게 된다고 말했다.

"난 공기를 그리는 사람입니다. 예전에는 복잡한 그림을 그리려고 애썼지만, 이젠 여백을 많이 남기면서 단순하게 표현합니다. 고수의 동작은 단순해야 해요. 솜씨를 죽일 줄 아는 사람이 진정한 고수입니다."

먹을 듬뿍 먹은 커다란 붓으로 강렬한 선을 그은 듯한 김 화백의 말에 절로 고개가 끄덕여진다. 글도 그림도 힘을 빼고 여백을 만들어야 지면과 화폭에서 불필요한 요소를 밖으로 밀어내고 본질에 집중할 수 있다.

어쩌면 글쓰기의 가장 본질적인 재료는 문장이 아니라 여백이 아닐까 하는 생각도 든다.

문장을 다 채우기보다 적절하게 비워내고 그 비움의 파편들을 모아서 크기와 높이를 쉽게 가늠할 수 없는 여백의 공간을 지을 때, 문장과 문장 사이로 햇빛과 바람을 불러들일 수 있고 글에 생명을 불어넣을 수 있다.

우린 펜이 아니라 여백을 쥐고 글을 쓰는지 모른다. 빽빽한 활자 사이사이에 삶의 희로애락이 깃든 각자의 공간을 새겨 넣기 위하여….

글의 품격

밖으로 쏠리지 않고 나를 지킨다

두문
정수

杜門
靜守

"스스로 일으킨 물결에 올라타야
삶의 해답에 다가갈 수 있다."

산
고

글쓰기의 감옥에서 느끼는 고통

때는 바야흐로 기원전 6세기 시칠리아섬.

해가 지고 어둠이 깔리면 청동으로 만든 소에서

구슬픈 피리 소리가 흘러나왔다.

밤마다 온 나라를 휘감은 피리 소리는

멀리 있는 사람에겐 처연하게 들렸고,

소리의 중심에 다가갈수록 처절하게 들렸다.

어떤 일이 벌어진 것일까?

당시 참주였던 팔라리스는 권좌를 지키기 위해

소 모양의 형틀에 정적을 가둬 화형에 처했다.

소의 콧구멍에는 피리가 달려 있었다.

그래서 형틀에 갇힌 자의 비명과 절규가

아름다운 음악으로 들리는 경우도 있었다고 한다.

권력에 눈먼 인간이 얼마나 잔혹해질 수 있는지를

여실히 보여주는 '시칠리아의 암소' 이야기다. 인간

의 내면에 폭력성이 꿈틀거리고 있음을 새삼 돌아보게 하는 사례이지만, 실존주의 철학자 키르케고르에게는 조금 다르게 읽혔던 것 같다.

그는 시를 쓰는 사람의 고통과 형틀에 갇힌 사람이 겪는 고초가 비슷하다고 여겼다. 시인이 가슴에 품고 살아가는 삶의 비애와 아픔이 손과 입술을 통해 밖으로 빠져나오면 누군가에겐 아름다운 음악으로 전해진다는 것이다.

내 생각도 크게 다르지 않다. 창작에는 필연적으로 산고産苦가 뒤따른다. 시인과 화가와 작가는 풍경과 사물과 현상뿐만이 아니라 자기 내부에서 솟아나는 아픔까지도 창작의 재료로 사용한다.

그렇다. 예술은 상처를 원료로 한다.

주변을 둘러보면 "몸과 마음을 활활 태워서 책을 쓴다"고 말하는 작가들이 더러 있다. 그도 그럴 것이, 머릿속 생각을 문장으로 옮기려면 무수한 단어 속에 파묻히거나 그 안에서 길을 헤매야 한다. 심지어 자신을 한계 상황으로 몰아가야 할 때도 있다.

아무런 막힘이 없이 술술 문장을 써나갈 때는 그나마 덜 고통스럽다. 작가로서 가장 힘든 순간은, 한 줄도 쓰지 못한 채 텅 빈 여백을 멍하니 바라봐야 할 때다.

'마침표를 찍고 앞으로 나아갈 수가 없잖아. 이 부분에서 도대체 어떤 단어와 문장을 어떻게 적어야 하지?' 하는 생각이 머리에 들어찰수록 글의 진도는 나가지 않는다. 아무리 기를 쓰고 뜀박질해도 제자리를 맴도는 것만 같다.

이른바 '글쓰기의 감옥'에 갇혀버리는 것이다.

'라이터스 블록 writer's block'이라 부르기도 하는 이 상태에 빠지면 글쓰기에 대한 열정은 사그라들고 작가로서 회의감이 밀려든다. 손가락 하나 까딱하지 못할 정도로 무력감을 느낄 때도 있다. 박찬욱 감독의 영화 〈올드보이〉에서 영문도 모르고 15년간 독방에

감금된 채 군만두만 먹어야 했던 오대수최민식 같은
심정이라고 할까.

이를 두고 누군가는 "글쓰기의 감옥은 정서적인 장
벽이잖아요. 정신을 바짝 차리면 탈출할 수 있지 않
을까요?" 하고 반문할지 모르지만, 그게 말처럼 쉽지
가 않다.

"오늘은 하늘이 두 쪽이 나도 원고지 다섯 매 이상의
글을 컴퓨터에 꼭 집어넣을 테야!"라고 되뇌며 종일
자판을 두드려도 도무지 글이 써지지 않는 날이 있
기 마련이다. 그런 날이면 누구나 여행길에서 커다
란 장애물을 맞닥트린 사람처럼 선택의 기로에 서게
된다. 선택지는 대략 네 가지 정도로 압축되지 않나
싶다.

첫째, 되든 안 되든 끝까지 도전한다. 여기서 말하는
'끝'은 장애물을 넘는 찰나 혹은 아무리 노력해도 넘

을 수 없는 장애물이 있음을 깨닫는 순간이다.

둘째, 집중력을 발휘해서 장애물을 넘되 상황이 여의치 않으면 훗날 재도전하기 위해 도약을 멈춘다. 다만 이는 "오늘 할 일을 내일로 미룬다"는 지적을 면하기 어렵다.

셋째, 가던 길을 고집하지 않고 우회로를 찾는다. "사람은 한 우물을 파야 한다"는 전통적인 조언에 시달리는 한이 있더라도 말이다.

넷째, 걸음을 돌려 왔던 곳으로 돌아간다. 다만 이는 "그럴 거면 애당초 발을 들이지 말았어야지" 하는 지청구를 듣기 일쑤다.

난 두 번째 아니면 세 번째 쪽으로 기울어지는 편이다. 매번 죽기 살기로 원고지를 향해 뛰어들면 스트레스로 인해 수명이 단축될 것 같아서 싫고, 너무 쉽게 포기하면 '가지 않은 길'에 대한 미련이 남을 것 같아서 싫다.

글쓰기가 정말 힘에 부친다 싶은 날이면 '글쓰기의 링'에서 잠시 내려오는 쪽을 택한다.

사람은 기운이 아니라 기분으로 살아가는 존재다.

기운이 나지 않을 땐 억지로 기운을 내기보다 스스로 기분을 챙기면서 마음과 몸을 추스르는 게 현명하다.

기분을 보듬는 방법은 저마다 다를 터. 난 글을 쓰다 기분이 가라앉고 의욕이 생기지 않으면 글의 내용과 어울리는 음악을 책상 위에 흐르게 한다.

단, 가사가 없는 음악이어야 한다. 글쓰기의 감옥에 갇힌 채 노랫말이 가득한 음악을 들으면, 가수의 목소리와 내 머릿속에서 갈 길을 잃고 방황하는 문장들이 한데 뒤엉켜 몸싸움을 벌이는 것만 같다. 안 듣느니만 못하다.

주지하다시피《언어의 온도》는 평범한 일상에서 건져 올린 생각과 감정을 소소하게 담아낸 에세이다.

여러 에피소드를 엮어나가는 과정에서 다양한 감정의 굴곡을 겪어야 했다.

그때마다 영화 음악의 도움을 받았다. 정확히 말하면 영화 음악이 내게 길을 알려주었다고 할까.

요컨대 글쓰기의 고충을 문장으로 옮길 땐, 누명을 쓰고 감옥에 수감된 남자의 이야기를 그린 〈쇼생크 탈출〉이란 영화의 배경 음악을 들으며 좁은 틀 안에 갇혀 지내는 사람의 처지를 상상했다.

소박한 일상의 사건에서 출발해 삶과 죽음을 가로지르는 이야기로 나아갈 때는 〈캐러비안의 해적〉, 〈그랑블루〉처럼 바다를 배경으로 한 영화에 삽입된 곡들을 자주 들었다. 그러면서 새벽의 정적을 가르고 전진하는 거대한 선단船團을 머릿속으로 떠올리며 힘차게 이야기를 끌고 나갔다.

《말의 품격》을 쓰면서는 이순신 장군의 강력한 카리스마와 포용적인 화법을 동시에 묘사하는 데 애

를 먹었으나, 베토벤의 교향곡 9번 '합창'과 바흐의
'G 선상의 아리아'에 번갈아 몸을 맡겨가며 키보드
를 두드렸다. 덕분에 충무공의 웅대하면서도 유연한
면모를 그리 어렵지 않게 문장에 녹여낼 수 있었다.
《한때 소중했던 것들》을 구상하는 과정에선 세월 속
으로 저무는 기억을 붙잡아 지면에 펼쳐내야 했다.
추억 속에 가물거리는 순간들을 끄집어내고 싶었
던 나는 '레이니 무드rainymood.com', '소프트 머머asoft
murmur.com', '노이즐리noisli.com' 같은 백색 소음 사이
트에 접속해 빗소리와 파도 소리를 다락방에 풀어놓
았다. 그런 뒤에야 한때 소중했던 사람과 함께 거닐
던 바닷가의 풍경과 비 오는 날 손을 맞잡고 걸었던
산책로를 떠올릴 수 있었다.

물론 음악이 효능을 발휘하지 못하는 경우도 더러
있다. 그땐 마지막 수단을 동원한다. 노트북을 냅다
팽개치고 산책을 나선다. 잡념으로 뒤엉킨 머릿속을

비우고 생각의 속도를 늦추는 데 산책만큼 좋은 것
도 없다.

산책은 외부의 풍경뿐 아니라 내부의 풍경, 즉 마음
을 들여다보는 일이다.

산책은 보행을 통해 이뤄진다. 느릿하게 걸음을 옮
기며 하얗게 부서지는 햇살을 몸에 바르고 뺨을 스
치는 바람의 결을 음미하다 보면 평소보다 시간이
더디게 가는 것처럼 느껴진다. 시간을 천천히 흘려
보내면 내 안과 밖에서 일어나는 것을 두루 살필 수
있는 여유가 생긴다. 그러면 어느새 내면의 소용돌
이도 잦아든다.

잔잔해진 마음 위에 '생각의 집'을 쌓아 올리는 과정
에서 새롭고 신선한 생각이 움트기도 한다. 웹페이
지를 최신 버전으로 업데이트하기 위해 누르는 '새
로고침refresh'처럼 말이다.

자주 이용하는 산책로를 알려주고 싶지만, 이 글을
읽는 누군가와 동선이 겹치는 사태를 방지하기 위해

이쯤에서 말을 줄여야 할 것 같다. 너른 마음으로 이해해주기 바란다.

고대 그리스 사람들은 시간의 개념을 크로노스 chronos 와 카이로스 kairos 로 구분했다. 둘은 흐르는 방향에서 차이가 있다.

크로노스는 모두에게 공평하게 주어지는 물리적인 시간이다. 물이 높은 곳에서 낮은 곳으로 떨어지듯 크로노스는 우리 곁을 자연스럽게 스쳐간다. 탄생에서 죽음으로, 시작에서 끝으로, 과거에서 현재로, 현재에서 미래로 뻗어나간다.

카이로스는 한 개인이 특별한 목적을 가지고 의미를 부여하는 주관적인 시간 개념이다. 시간의 주인인 '나'를 향해서만 흐른다.

때로는 쳇바퀴처럼 돌아가는 크로노스를 뚫고 나와 자기만의 카이로스를 확보하고 그 시간 속에서 삶을 바라보는 것도 나쁘지 않으리라. 특히 거대한 심연 같은 노트북 화면 앞에서 한없이 작아지는 날이라 면….

능동

스스로 문장의 물결을 일으키다

몇 해 전 여름이었다. 집 근처 세탁소에 옷을 맡길 일이 있었다. 아귀가 잘 맞지 않아 삐걱대는 미닫이문을 열고 작은 세탁소에 들어섰다. 주인장 할아버지는 실뭉치를 늘어놓은 선반에 몸을 밀착한 채, 두툼한 마분지에 피아노 그림을 그려 넣은 '종이 건반'을 두드리고 있었다.

"안녕하세요. 사장님, 피아노 치세요?"

"최근에 배우기 시작했어. 피아노 배우는 게 꿈이었을 때가 있었거든. 어릴 때 피아노 치는 애들이 참 부러웠어."

"아, 피아니스트가 되고 싶으셨나 봐요?"

"아니, 피아니스트 말고 그냥 피아노 배우는 게 꿈이었다니까. 만날 생각만 하다가 엊그제 학원에 등록했어."

"예, 피아노 배우는 일…."

"모퉁이 돌면 피아노 학원 하나 있잖아. 얼마 전부터

다니고 있는데, 손가락이 건반에 착착 달라붙는 게
얼마나 신이 나는지 몰라."

어르신은 피아노를 배우면서 느낀 보람과 재미를 들
뜬 목소리로 펼쳐놓기 시작했다. 어르신의 이야기는
꼬리에 꼬리를 물었고, 얼굴에 피어난 미소의 꼬리
도 점점 길어졌다.

몇 분 뒤 세탁소를 간신히 빠져나온 나는 눈썹 위로
손차양을 만들어 하늘을 올려다보았다. 어르신의 또
렷한 눈동자를 빼닮은 따스하고 맑은 햇살이 정수리
위로 쏟아지고 있었다.

문득 미국 작가 매튜 퀵의《용서해줘, 레너드 피콕》
이라는 소설이 머릿속에 그려졌다. 소설은 자신의
생일날 단짝으로 지내던 친구를 살해한 뒤 스스로
삶에 마침표를 찍기로 결심한 한 소년의 이야기다.
이런 장면이 나온다. 레너드 피콕이라는 반항기 가
득한 소년이 미술관에서 가느다란 선 하나로 그려진

그림을 바라보며 "이런 건 나도 그리겠네" 하고 빈정거린다. 그러자 옆에 있던 교사가 대꾸한다. "그래? 하지만 안 했잖아!" 레너드 피콕은 제꺽 입을 다물어 버린다.

살면서 의미 있는 생각을 머릿속에 심기도 어렵지만 그걸 밖으로 끄집어내 실천으로 옮기는 건 더 어렵다. '선불리 행동에 나섰다가 실패하면 어쩌지?' 하는 두려움이 생각의 목덜미를 붙잡는 탓이다.

생각이 행동을 끌고 나가는 경우도 물론 있지만, 머릿속에서 태어나는 생각의 상당수는 행동 뒤에 몸을 숨긴 채 꿈쩍도 하지 않다가 허무하게 생을 마감한다.

《손자병법孫子兵法》에 "졸속拙速이 지완遲緩을 이긴다"는 문장이 나온다. 이는 "준비가 완벽하지 않아도 머뭇거리기보다 일을 저지르는 편이 낫다"는 뜻으로 유연하게 해석할 수 있다.

글쓰기야말로 몸과 마음을 능동적으로 움직여야 하는 행위다.

생각과 감정이라는 뇌의 흔적을 활자 형태로 바꾸는 것이 글쓰기의 근간이므로 글의 재료는 다분히 정신적이다.

반면 글을 짓는 절차만큼은 육체적이라고 할 수 있다. 펜을 잡고 종이에 글자를 새기든 키보드 자판을 두드려 자음과 모음을 조합하든 능동적인 육체의 움직임을 통해서만 우린 글을 쓸 수 있다. 지면과 화면에 문장의 물결을 일으킬 수 있다.

능동은 글쓰기뿐 아니라 모든 장르의 예술에서 중요한 기제로 작용한다.

한국에서 독일로 건너가 명성을 쌓은 한 화가의 인터뷰가 신문에 실린 적이 있다. "예술에 대한 정의를 좀 내려주세요. 예술이 뭔가요?" 하고 기자가 질문하자, 현지에서 '세상에 없던 그림을 그리는 화가'로 불리는 그녀는 이렇게 답했다.

"흠, 다리가 네 개 달린 책상을 만들면 뭐가 되죠? 그냥 평범한 가구입니다. 그럼 다리가 세 개 달린 책상을 의도적으로 만들어내면요? 그건 예술이 될 수 있습니다. 예술성은 창작자의 능동성과 주관성이 잘 버무려질 때 생겨납니다."

기사를 읽으면서 나는 무릎을 쳤다. 어려운 용어를 사용하지 않고도 쉽고 명쾌하게 예술의 본질을 짚어냈기 때문이다.

예술을 뜻하는 영어 단어 '아트art'는 '법칙에 따른 제작 기술'을 뜻하는 라틴어 '아르스ars'에서 유래했다는 설이 지배적인데, 일부에선 팔을 의미하는 단어 'arm'에서 파생했다는 가설도 제기한다. 후자의 설을 따른다면, 예술을 다음과 같이 정의할 수도 있을 것이다.

"예술은 육신과 정신의 팔을 뻗어 자신을 둘러싼 세계를 능동적으로 읽어내고, 그 세계가 주는 울림을 고유한 방식으로 해석하고 표현하는 인간의 모든 활동이다!"

능동성의 중요성은 언어를 기반으로 하는 예술인 문학에도 예외 없이 적용된다.

오래전 일본의 어느 소설가는 "I love you"를 "나는 당신을 사랑합니다"라고 번역하지 않고 "오늘 달이 참 밝네요"라고 썼고, 어떤 작가는 "당장 죽어도 좋아"라는 문장으로 옮겼다고 한다. 두 작가 모두 원문에 서로 다른 관점을 부여함으로써 문장을 능동적으로 재해석한 셈이다.

아침에 다락방을 청소하다 창문턱에 눌어붙은 먼지와 이물질을 깨끗이 벗겨냈다. 청소를 마치고 걸레를 털어내면서 나는 초등학교 시절 청소 시간을 떠올렸다.

청소가 시작되면 아이들은 몇몇 갈래로 나뉘었다. 우렁찬 목소리로 "여기 먼지가 많네!"라고 외치면서도 정작 빗자루질 한 번 하지 않고 입으로만 청소하는 아이가 있고, 그런 아이의 추종자가 되어 우르르 몰려다니는 무리도 있었다.

청소할 곳을 적극적으로 찾기보다 그저 선생님이 시키는 대로 피동적으로 움직이는 아이가 있는가 하면, 청소를 마칠 무렵 홀연히 나타나는 녀석, 자발적으로 몸을 움직여 묵묵히 먼지를 떨고 교실 곳곳을 반짝이게 하는 아이도 있었던 것 같다.

기억을 더듬어본다. 청소 시간에 나는 어느 부류에 속했는지. 그리고 질문을 던져본다. 세월이 흐른 지금 과연 작가로서 능동적인 삶을 살아가고 있는지….

글쎄다. 답하기 어려운 질문이다. 아니, 함부로 답해서도 안 된다. 삶의 정답을 이미 알고 있다고 여기는 순간 우린 아무것도 모르는 사람이 된다. 평생 글을 쓰고 나서 생을 마감할 즈음에야 난 질문에 대한 답을 겨우 내놓을 수 있을 것 같다.

다만 답을 찾는 일을 포기하고 싶지는 않다. 나만의 답을 구하기 위해 시간의 흐름을 견디고 세상을 헤맬 것이다. 나는 믿는다. 시끄럽고 번잡한 것에 끌려 다니지 않고 스스로 일으킨 삶의 물결에 올라탄다면, 언젠가 그 답에 다가설 수 있을 거라고.

절
문

간절히 질문을 던지다

명탐정 셜록 홈스와 그의 조력자 왓슨 박사가 숲에서 야영을 하게 됐다. 해 질 무렵 두 사람은 천막을 치고 잠이 들었다. 새벽 2시쯤이었다. 숲속에서 불어온 차가운 바람이 홈스의 목덜미를 훑고 지나갔다. 잠이 깬 홈스는 눈을 동그랗게 뜨며 자리에서 일어났다.

"왓슨, 어서 눈을 떠보게. 밤하늘을 좀 봐."

왓슨은 기지개를 켜며 부스스 일어나 대꾸했다.

"뭐? 이 새벽에 뭘 보라는 거야?"

"왓슨, 그러지 말고 어서 대답해보게. 뭐가 보이나?"

"흠, 셀 수 없을 정도로 많은 별이 보이는군."

"좋아, 그걸 보고 느끼는 게 없나?"

"음, 우주와 인간에 관해 몇 가지 물음을 떠올려볼 수 있지. 우주 앞에서 우린 겸허해야 해. 광활한 우주에 비하면 인간은 티끌만큼이나 부질없고 하찮은 존재지. 참, 기상학적으로 볼 때는 말이지…."

왓슨이 말을 이어나가려 하자, 홈스가 말허리를 자르며 소리쳤다.

"이봐, 우리 눈에 별이 보이는 이유를 생각해봐. 질문을 제대로 던져보게!"

"그야…. 날씨가 좋아서?"

"아직도 모르겠나. 누가 우리 천막을 훔쳐갔단 말이야. 그래서 별이 보이는 거야!"

오래전에 들은 우스개다. 어디 왓슨 박사만 그러할까. 우린 종종 별것도 아닌 일을 어렵게 바라보면서 사안의 본질과 멀어진다. 실타래처럼 엉킨 삶의 문제를 이리 당기고 저리 당기면서 외려 더 엉키게 만들어버린다.

뒤엉킨 실뭉치를 풀기 위해선 실이 맨 처음 꼬이기 시작한 지점을 정교하게 찾아내야 한다. 문제의 근원을 파고들어야 한다.

불필요한 것을 솎아내고 본질에 집중하기 위해 우린

질문을 던진다. 질문質問에서 '질質'은 '본질'과 '성질'을 의미하는데, 도끼斤로 조개貝를 자르거나 나무를 팰 때 아래에 두는 밑받침에서 유래했다는 설이 유력하다.

따라서 질문은 사물과 현상의 본바탕, 즉 근원根源을 묻는 일이라고 할 수 있다.

근원은 곧 수원水源이다. 흐르는 물줄기가 처음 시작한 곳이다.

그래서일까. 밀도 있는 질문은 깊고 너른 생각을 끌어내는 마중물 역할을 한다. '왜?'라는 질문을 머릿속에 떨구는 순간 우리 안의 깊은 곳에 생각의 씨앗이 심어진다. 새롭게 움튼 생각이 호기심을 먹고 튼실하게 자라면 사고의 폭과 깊이는 자연스레 확장된다.

《논어》〈자장子張〉편에 "절문근사切問近思"라는 구절이 나온다. "절실하게 묻고 현실을 직시한다" 또는

"깨닫지 못한 것을 간절하게 묻고 가까운 문제부터 생각한다" 정도로 풀이할 수 있다.

나는 후자의 뜻풀이를 선호한다. 삼라만상의 본질과 이치를 굳이 아득하고 특별한 곳에서 찾을 이유가 없다.

"원래 그런 거지"라는 말로 호기심을 억누르지 않고 일상에서 일어나는 소소한 사건과 현상 앞에서 간절히 질문을 던지다 보면, 정체된 것 같던 인생이 다시 굴러가기도 하고 좀처럼 풀리지 않던 삶의 매듭이 단번에 풀리기도 하지 않나.

그런 면에서 질문은 글쓰기의 훌륭한 연료가 아닌가 싶다.

글을 쓰는 일은 질문을 연료로 해서 작가의 물음표라는 시발역을 출발해 독자라는 종착역에 도착하는 열차인지 모른다. 마감일과 원고료 따위가 창작을 종용하거나 유인하기도 하지만, 궁금증을 스스로 해소하려는 목적에서 글을 쓰는 작가도 적지 않다.

나야말로 그렇다. 궁금한 게 생기면 글쓰기의 열차에 올라 질문이라는 땔감을 태울 때 발생하는 에너지로 문장을 밀고 나아간다.

다행히 난 궁금한 게 많은 사람이다. 수시로 일상을 향해 질문을 투척한다. 질문의 무게는 중요하지 않다. 얼마나 다양한 질문을 어디까지 던질 수 있느냐가 중요하다.

'무엇이 우리를 살게 하나?' 같은 무거운 질문은 물론이고 '배트맨은 슈퍼맨처럼 날지도 못하는데 왜 기다란 망토를 걸칠까?', '슈퍼맨은 도대체 무슨 이유로 바지 위에 속옷을 입고 다닐까?'처럼 다소 엉뚱한 질문을 떠올리며 그 질문의 안쪽으로 깊숙이 들어간다.

이런 궁금증이 머릿속에 둥둥 떠다니는 날이면 내가 질문을 품는 게 아니라, 질문들이 자기끼리 시끌벅적하게 토론을 벌이는 것 같은 기분이 든다.

이때 귀를 쫑긋 세우고 질문들이 어떤 이야기를 하

는지 관심을 기울이다 보면 내 생각의 발걸음은 평소엔 이용하지 않던 작은 샛길로 빠져든다. 내 안에 아주 오래전부터 존재했지만, 직접 발을 들여놓은 적은 없는 낯선 '사유의 길'로….

어머니가 진료나 검진을 위해 병원에서 긴 시간을 보내는 날이면 집 근처 식당에 들러 국물이 있는 뜨끈한 음식을 먹는다. 기력 회복에 조금이라도 도움이 될까 싶어서다.

그리고 병원을 나설 때 나는 어머니께 질문을 건넨다. 먹고 싶은 게 무엇인지, 먹고 싶지 않은 게 무엇인지 물어본다. 그런 다음 맛집을 검색하고 운전대를 잡는다.

모든 부모가 그런 건 아니지만 대개 부모는 먹고 싶은 것, 입고 싶은 것, 가고 싶은 곳을 자식한테 쉽게 털어놓지 않는다.

왜일까. 마음이 편치 않기 때문이다. 자식의 앞길을

더 넓게 열어주고 더 많은 도움을 주진 못할망정 부모라는 이유만으로 무조건 받기만 하는 것이 <u>스스로</u> 못마땅하고 미안쩍은 것이다.

그러므로 자식이든 부모든 서로를 저버리지 않으려면 질문을 멈추지 않아야 한다. 가슴에서 건져 올린 물음을 통해 서로의 마음 밑바닥에 홍건하게 고여 있는 슬픔을 느끼고 상대의 뼈마다 내려앉은 세월을 헤아려야 한다.

진심이 깃든 질문에는 하나의 우주가 들어 있다. 우주를 건네주면 때때로 우주가 반응한다.

살다 보면 아예 답이 없는 질문도 많지만, 질문은 대개 그다음 단계로 넘어가는 답이 되곤 한다. 질문이 답을 바꾸기도 하고, 하나의 질문 속에서 또 다른 질문이 새롭게 태어나기도 하니 말이다.

질문을 뜻하는 영어 단어 'question'의 앞부분 'que'

는 시작을 알리는 신호 'cue'와 형태가 비슷하다. 이는 우연이 아닐 것이다. 질문이 우리 삶에서 새로운 시작을 의미하기 때문 아닐까.

간절히 질문을 던질 수 있다면 우린 언제든 다시 시작할 수 있다.

글쓰기든, 삶의 영역에서든 여전히 꽤 많은 것이 가능하다.

오문

세상의 더러움에 오염된 문장

멀고 먼 옛날 어느 나라에

'흑백랑리黑白狼里'라는 마을이 있었다.

마을 사람들은 마음속에

늑대 두 마리를 키우며 살았다.

하얀 늑대는 이해와 용서를 먹고 자랐고

검은 늑대는 질투와 분노를 먹잇감으로 삼았다.

늑대들은 새끼일 땐 그럭저럭 잘 지냈으나

몸집이 커지면서 사이가 틀어지기 시작했다.

사람의 마음을 독차지하기 위해

검은 늑대가 흰 늑대를 공격하는 일이 잦았다.

흰 늑대의 반격도 만만치 않았다.

결국 싸움은 한쪽이 죽어야만 끝이 나곤 했다.

어느 쪽이 이겼을까?

답은 생각보다 간단하다.

더 많은 먹이를 먹고 자란 늑대가 늘 살아남았다.

북미 인디언 사이에서 전해 내려오는 전설을 각색한
이야기다.

우리 마음속에는 어떤 늑대가 자라고 있을까? 시기
심과 노여움을 먹고 사는 늑대가 으르렁대고 있는
건 아닐까?

우리 사회 곳곳에서 분노에 굶주린 늑대들의 울부짖
음이 들려올 때가 있다. 정치인은 선과 악이라는 이
분법의 늪에서 허우적거리며 상대 진영을 향해 증오
의 언어를 쏟아내고, 언론은 종종 자극적인 기사로
이념과 세대 간 갈등을 부추긴다.

인터넷 '댓글 문화' 역시 밝은 빛만큼이나 진한 그림
자를 드리운다.

2019년 4월 17일 새벽, 경남 진주의 어느 아파트에
서 40대 남성이 흉기 난동을 벌여 무고한 사람들이
목숨을 잃었다. 피해자 중엔 열 살 남짓한 아이도 있
었다. 인터넷 기사에 달린 댓글을 읽다가 나는 말문

이 막혔다. "내가 사는 아파트가 아니라 다행이네"처럼 인간에 대한 최소한의 예의를 저버린 문장들이 댓글난 곳곳에 널브러져 있었다.

한마디로 세상의 온갖 더러움에 오염된 문장, '오문汚文'이었다. 악취가 진동했다.

김찬호 사회학자가 한국 사회의 어두운 풍경을 들여다본 《모멸감》이라는 책에 따르면, 우리나라의 경우 선플보다 악플이 네 배가량 많이 달린다. 일본은 그 반대다. 선플이 악플의 네 배 정도 된다. 튤립의 나라 네덜란드는 어떨까. 놀라지 마시라. 선플이 악플보다 무려 아홉 배나 많다.

우리 사회에 악성 댓글과 혐오 표현이 만연한 이유가 뭘까. 우리가 인터넷 공간에 막말을 내뱉으며 품는 적의敵意의 정체는 무엇일까.

악플을 압축 성장의 후유증으로 진단하는 사회학자가 있는가 하면, 치열한 경쟁에 내몰린 이들이 느끼는 좌절감과 열패감이 인터넷 공간에서 언어적 폭력의 형태로 표출되는 것으로 분석하는 심리학자도 있다.

조금 다른 시각도 존재한다. 악플의 뿌리에 분노가 자리 잡고 있다는 분석이다.

흔히들 한국인의 고유한 고질병으로 '화병火病'을 꼽는다. 한국인의 화는 쉽게 풀리는 법이 없다. 마음속 한구석에 한恨의 형태로 남아 끈질기게 생명을 이어간다.

《동의보감》에선 기쁨, 분노, 우울함, 생각, 슬픔, 놀람, 공포 등 소위 '칠정七情'이 균형을 잃거나 과해지면 오장육부의 균형이 무너지기 쉽고, 이 중 가장 심각하게 몸을 망가뜨리는 것이 분노라고 했다.

몸에 나쁜 것이 안쪽에 스멀스멀 차오르면 밖으로 배출해야 함이 당연지사. 그런데 그 배출구로 악플만 한 게 없다는 것이다. 언제 어디서든 휴대폰을 켜고 댓글을 적은 다음 거기에 분노를 실어서 방류할 수 있으니 말이다.

미국의 경제학자이자 문명비평가 제러미 리프킨은 《공감의 시대》에서 현존 인류를 "공감하는 인간 Homo Empathicus"이라고 규정했다.

그가 만약 우리나라 주요 포털 사이트에 실시간으로 달리는 댓글을 한두 시간만 정독해봤다면 아마 이렇게 말하지 않았을까 싶다. "현존 인류는 공감하는 인간인 동시에 키보드라는 무기로 공격도 하는 인간이다!"

사실 동양 문화권에선 이미 오래전부터 댓글과 유사한 형태의 문화가 존재했다.

옛날에는 기록물을 제작할 때 대나무 조각을 끈으로 엮어서 만든 '책册'에 글자를 새기거나, 종이와 비단에 문장을 적은 후 두루마리 형태로 말아서 보관했다. 이 두루마리를 '권卷' 또는 '권자卷子'라고 칭했다. 권자의 뒷부분에는 아무것도 적지 않은 여백을 뒀

다. 글과 그림을 감상한 이들은 이곳에 댓글을 적듯
이 비평을 남겼다.

이렇듯 작품 옆에 감상평을 덧붙이는 글을 일컬어
'발跋' 혹은 '제발題跋'이라 불렀다. 권자의 소유자가
바뀔 때마다 제발이 늘어나 권자의 길이도 길어졌다.

추사 김정희의 '세한도歲寒圖'에는 청나라 학자들의
감상평이 10미터 넘게 적혀 있다.

작은 초가집 주변에 메마른 소나무와 잣나무가 꼿꼿
하게 서 있는 '세한도'는 선비의 지조와 절개를 표현
한 작품이다.

그림을 처음 건네받은 사람은 추사의 제자이자 역관
인 이상적이다. 그는 청나라를 드나들며 책을 구해
유배지에 있는 추사에게 전해주곤 했다. 추사는 고
마운 마음을 표현하고자 '세한도'를 그려 선물했고,
이상적은 이를 청나라 문인들에게 보여줬다.

'세한도'에 감탄한 문인들이 그림 옆에 송시頌詩와

찬문贊文을 적었다. 청의 사법부 관료였던 오찬은
"변하지 않는 절의를 배우고 익혀 현인을 본받는다"
는 문장으로 추사의 솜씨와 절조를 칭송했다.

청나라 문인들은 알고 있었던 모양이다. 예술에 국적
을 따지는 건 무의미하다는 것을. 그리고 진정한 비
평은 상대를 존중할 때 완성된다는 것을 말이다.

얼마 전 영풍문고 용산점에 볼일이 있었다. 지팡이
를 짚고 나란히 걸어가는 노부부가 보였다.

할아버지와 할머니가 걸음을 옮길 때마다 두 지팡
이가 닿을 듯 말 듯 아슬아슬했다. 이내 지팡이끼리
"틱" 하고 부딪치는 소리가 들렸다.

그 소리는 내가 아직 가보지 않은 아득한 세월의 건
너편에서 솟아난 것처럼 느껴졌다. 차에 시동을 걸
면서 나는 이런 생각을 떠올렸다.

'누군가와 함께 걷는다는 것은 그저 속도를 맞추는
게 아니라, 서로의 차이를 이해하기 위해 노력하되

끝내 이해하지 못하면 서로 부딪치는 것까지 감내하는 게 아닐까?'

타인은 윈뿔과 닮았다. 보는 각도에 따라 다르게 보인다.

이를 무시한 채 한쪽에서 삼각형이라 주장하고 다른 한쪽에선 원이라고 박박 우기면 둘의 의견은 영원히 만나지 않는 평행선처럼 교점을 찾지 못한다.

서로 다르다는 이유만으로 상대를 향해 폭언과 욕설을 내던지면 일시적으로 분노를 배출할 수 있을지는 모르지만, 문장을 쏟아낸 마음의 언저리는 곪을 수밖에 없다. 오염 처리 없이 폐수를 방류하는 공장 주변의 땅이 시커멓게 썩어버리듯이 말이다. 슬픈 일이다.

《주역周易》에 이르기를 "서부진언書不盡言"이라 했다. "글로는 말하고 싶은 것을 다 적을 수 없다"는 것이다. 글은 종종 무력하다. 문장이 닿을 수 없는 세계가 엄연히 존재한다. 그러므로 글쓰기가 지닌 한계와 무게를 알고 글을 적어야 한다.

오늘날 분노를 머금고 우리 손끝에서 태어나 인터넷 공간을 정처 없이 표류하는 문장들이 악취를 풍기는 이유는, 우리가 아무 망설임 없이 지나치게 빠른 속도로 글을 토해내기 때문인지 모른다. 세상사에 너무 즉각적으로 반응하면서 글을 휘갈기다 보니 문장에 묻어·있는 더러움과 사나움을 미처 털어내지 못하는 것이다.

말수가 적음을 뜻하는 한자 '눌訥'은 말하는 사람의 안內에서 말言이 머뭇거리는 것을 가리키는데, 이는 신중하게 말하는 자세를 뜻하기도 한다.

글쓰기에서도 때론 머뭇거림이 필요하다. 쓰고 싶은 욕망을 억눌러 문장에 제동을 걸 줄도 알아야 한다. 어쩌면 지금 우리에게 필요한 건 달필達筆의 능력이 아니라 눌필訥筆의 품격이 아닐까?

성찰

내면을 들여다보고 지키는 일

무언가를 새롭게 움켜쥐는 것보다 손에서 놓아버리는 것이 더 어려울 때가 있다. 어느새 그것이 일상에 스며들어 내 삶의 일부가 된 것 같은 느낌이 든다면 더욱더 그러할 것이다.

최근 이사를 준비하면서 집 창고를 정리했다. 그냥 버리기 아쉬워 한쪽에 방치해둔 계륵 같은 잡동사니가 하나둘 고개를 내밀었다.

난 물건마다 서려 있는 추억을 잠시 되짚어보고 싶었다. 가져갈 것과 버릴 것을 분류도 할 겸 해서 손에 닿는 물건을 모조리 꺼내 군대에서 소총을 분해할 때처럼 신문지 위에 늘어놓았다.

구멍이 나서 쓸모를 잃은 낡은 우산이 눈에 띄었다. 헝겊을 덧대 구멍을 꿰매볼까 하는 생각에 우산을 펴서 뾰족한 꼬챙이 부분을 잡고 빙빙 돌려봤다.

'가만 보자. 분명히 빗물이 줄줄 샜던 것 같은데 어디가 구멍 난 거지. 찾기가 쉽지 않네. 욕실에 가서

물이라도 뿌려봐야 하나….'

그러다 우산을 거꾸로 뒤집어서 안쪽으로 얼굴을 밀어 넣었다. 바깥쪽에선 잘 보이지 않던 구멍들이 우산살을 따라 군데군데 나 있었다.

살다 보면 외부로 시선을 고정한 채 문제의 답을 찾을 때가 많다. 하지만 꽃봉오리가 안에서 밖으로 부풀어 올라 한 송이 꽃으로 피어나듯, 어떤 답은 내부에서 자연스레 솟아난다.

때로는 먼 곳을 내다보는 것 못지않게 가까운 곳, 무엇보다 자신의 내면을 들여다봐야 하지 않나 싶다. 삶의 여정에서 맞닥뜨리는 문제들을 마음속 창고에 처박아두지 않고 말끔히 해결하려면 말이다.

시선을 안으로 돌려 자신을 돌아보는 일은 성찰省察이다.

성찰을 의미하는 영어 단어 'introspection'을 동강내보자. 앞부분 'intro'는 '앞' 혹은 '안으로'라는 뜻이고 뒷부분의 'spect'는 '보는 행위'를 의미하는 동사 'see'와 관련이 깊다.

달리 말해, 성찰은 내면의 세계를 자세히 살피는 일이다.

스스로를 헤아려본다는 점에서 성찰은 '좌정坐定'의 성격을 띤다. 앉을 '좌坐'는 평평한 땅土 위에 사람人과 사람人이 동등하게 마주한 모습을 나타낸 한자다. '정定'은 '정하다', '바로잡다' 등의 뜻을 지닌다. 자신을 철저히 대상화하여 객관적으로 관찰하고 잘못된 것을 올바르게 고치는 것이 좌정이자 성찰이다.

조선이 배출한 최고의 석학 퇴계 이황이야말로 끊임없이 내면을 닦고 수양한 자기 성찰적 인물이었다. 퇴계는 당대 최고의 지식인으로 추앙받았지만, 번번이 벼슬을 마다하고 초야에 묻혀 학문에 몰두하길 원했다. 주변 사람과 주고받은 편지 가운데 수양과 성찰에 도움이 되는 22통을 추려 《자성록自省錄》이라는 책을 엮기도 했다.

퇴계가 남긴 유훈에서도 그의 성찰적 면모를 엿볼 수 있다. 퇴계는 임종을 앞두고 다음과 같이 당부한 것으로 전해진다.

"무덤 앞에 커다란 비석을 세우지 말고 반드시 내가 지은 묘비명을 적어 넣어라. 또한 나라에서 국장國葬에 준하는 장례인 예장禮葬을 치르려 하면 극구 거절하라."

실제로 퇴계는 죽기 전에 자신의 묘비명을 미리 지어놓았다. 제자들이 임의로 적을 경우 문장을 화려하게 꾸밀 가능성이 있고, 그러면 자신의 삶이 미화될 수밖에 없다는 이유에서였다.

제자들은 유훈을 받들었다. 퇴계가 지은 "퇴도만은진성이공지묘退陶晩隱眞城李公之墓"라는 묘비명을 비석 앞면에 간략하게 적었다.

"벼슬을 그만두고 만년에 도산으로 물러나 은거했던

진성 이 공의 묘"라는 뜻이다. 조선 최고의 성리학자로 평가받는 인물의 묘비명치곤 소박하기 그지없다. 비석에 새기는 글은 한 인간이 세상이라는 여백에 마지막으로 남기는 문장이다.

퇴계는 생의 마지막 순간 자신의 삶을 있는 그대로 드러내는 단출한 문장을 남김으로써 품격 있게 삶을 정리했다. 마치 진흙 속에서 꽃을 피워내고도 아름다움을 함부로 뽐내지 않는 새하얀 연꽃처럼 말이다.

성찰은 서구 사상가들에게도 중요한 화두이자 삶의 목표였다. 초기 기독교의 철학자이자 사상가였던 아우구스티누스는《고백록》을 통해 젊은 시절 방황에서 벗어나 신앙에 눈을 뜨고 회심回心한 과정을 상세히 기록했다.

러시아의 대문호 톨스토이는《참회록》에서 작가로서의 성공만을 얻는 데 급급했던 자신의 과오를 적나라하게 드러내고 통렬하게 반성했다. 요샛말로 치면 '셀프 디스'를 한 셈이다.

퇴계와 비슷한 시대를 살았던 마르틴 루터는 면죄부 판매의 부당성을 지적하고 교회의 자성을 촉구하기 위해 1517년 10월 31일 독일 비텐베르크 성교회 문에 "인간은 오직 믿음을 통해 구원받을 수 있다"는 내용을 골자로 한 '95개 조 반박문'을 내걸었다. 이는 인류사를 바꾼 종교 개혁의 도화선 역할을 했다.

출판인들 사이에서 회자하는 〈중쇄를 찍자〉라는 일본 드라마가 있다. 편집자와 마케터, 서점 직원과 작가 등 책을 쓰고 만들고 유통하는 사람들의 일상을 경쾌하게 그린 드라마다.

주인공이 다니는 출판사의 사장은 은행에 돈을 저축하듯 운運을 차곡차곡 모을 수 있다고 믿는 사람이다. "태어날 때 운은 저마다 다르다. 하지만 살면서 얼마든지 쌓아나갈 수 있는 것이 운이다."

어디선가 들어본 말 같기도 하지만, 누구나 한 번쯤

곱씹어볼 만한 말 같기도 하다.

운은 우연의 영역에서 뜻하지 않게 솟아나거나 사라지는 것이므로 신용 카드 포인트를 적립하듯 쉽게 모을 수 있는 것은 아닐 것이다. 다만 우리 삶의 꽤 많은 요소가 서로 복잡하게 얽혀 있을지 모른단 생각만큼은 머릿속에서 밀쳐낼 수가 없다.

어쩌면 지금 이 순간에도 우린 각자의 운에 미묘한 영향을 미치면서 살아가는지도 모른다. 만약 삶의 태도에 따라 운이 쌓이기도 하고 반대로 줄어들기도 하는 거라면, 삶을 진득하게 들여다보고 성찰하는 자세야말로 운을 모으는 방법이 아닐는지.

조선 중기의 문신 이수광은 "두문정수杜門靜守"라는 글귀를 남긴 바 있다. 막을 두杜, 문 문門, 고요할 정靜, 지킬 수守다.

"문을 닫아걸고 고요하게 지킨다"는 표면적인 뜻 외에, "밖으로 쏠리지 않고 자신을 지키면서 내면을 가

다듬는다"라는 의미로도 해석이 가능하다.

숨 돌릴 틈 없이 바삐 돌아가는 세상의 물결에 휩쓸려 떠내려가지 않으려면 성찰을 통해 내면을 살펴가며 스스로 마음을 지키는 수밖에 없다. 그래야 마음의 중심을 잡을 수 있다.

뭐든 중심을 잃으면 기울어지거나 가라앉기 마련이다. 붕괴되는 건 순식간이다. 특히 사람 마음이 그렇다.

퇴
고

삶과 글이 그리는 궤적은 곡선이다

어린 시절 큰집 근처에서 노 젓는 배로 저수지를 건넌 적이 있다. 배라고 해봤자 한강에서 유람선을 타본 일밖에 없는 나로서는 생경한 경험이었다.

뱃사공이 몇 명 되지 않는 승객을 태우고 노를 젓기 시작하자 '삐거덕' 소리와 함께 낡은 목선이 수면을 미끄러졌다. 하얀 물보라가 뺨과 옷깃을 적셨다.

늙수그레한 사공은 뱃머리를 보지 않고 허공을 응시하며 노를 저었다. 그 모습이 내겐 이채롭게 보였다. 배가 저수지 중간을 지날 때쯤 난 호기심 어린 눈빛으로 사공에게 질문을 던졌다.

"아저씨, 정면을 똑바로 보지 않고 노를 저어도 괜찮아요?"

사공은 한바탕 크게 웃으며 답했다.

"뭐라고? 하하하. 이 배가 직선으로만 움직이는 거라면 앞을 똑바로 봐야 할 테지."

"네? 배는 직선으로 가지 않나요? 물에 떠서 똑바로 가잖아요."

"그게 꼭 그렇지도 않아. 이런 배는 노를 저을 때마다 옆으로 기우뚱거리면서 물고기가 헤엄치듯 앞으로 나아간단다. 직선이 아니라 구불구불한 곡선을 그리면서 배가 움직이는 셈이지. 그러니 건너편 선착장에 도착하려면 뱃길을 계속해서 고치면서 노를 저어야 해. 뭐, 사람이 살아가는 일도 그러할 테고. 이해되느냐?"

대충 이런 대화가 오갔던 것으로 기억한다. 노 젓는 이치를 초등학생이 이해할 리 만무했다. 난 멀뚱멀뚱한 눈으로 사공과 노를 번갈아 쳐다보기만 했다.

흔히들 인생을 고해苦海라고 한다. 삶의 바다 곳곳에 무수한 고통이 암초처럼 놓여 있는 탓이다.

고통에 부딪혀 좌초되지 않기 위해 우린 수시로 항로를 변경한다. 애초에 정해진 길은 없다. 그저 끊임없이 길을 고치고 또 고치면서 앞으로 나아갈 뿐이다.

한 편의 글을 써나가는 일도 문장을 고치는 행위의 연속이다. 《스튜어트 리틀》,《샬롯의 거미줄》등의 작품으로 유명한 동화 작가 엘윈 브룩스 화이트는 "위대한 글쓰기는 존재하지 않는다. 오직 위대한 고쳐쓰기만 있을 뿐이다"라고 했다.

틀린 말이 아니다. 글쓰기를 업으로 삼는 사람일수록 문장을 수정하는 데 공을 들인다. 단언컨대, 글을 잘 쓰는 사람 중 상당수는 대개 글을 잘 고치는 사람이다.

〈파인딩 포레스터〉라는 영화가 있다. 한때 천재 작가로 불렸지만 지금은 세상과 담을 쌓고 사는 포레스터숀 코너리 라는 노인과 뛰어난 문학적 재능을 지닌 청년 자말롭 브라운이 글쓰기에 대한 생각을 나누며 우정을 쌓는 이야기다. 포레스터가 자말에게 조언을 건네는 대목에서 이런 말을 들려준다.

"초고는 가슴으로 쓰되, 그다음은 머리로 써야 하네."

여기서 '그다음'은 여러 번 생각하여 초고를 고치고 다듬는 과정, '퇴고'를 가리킨다.

그럼 머리로 써야 한다는 말은? 말 그대로 머리를 잘 굴려야 한다는 뜻일까. 그보다는 초고를 쓸 때보다 객관적으로, 그리고 보다 폭넓은 시각과 섬세한 감각으로 글을 바라봐야 한다는 의미일 것이다.

어쩌면 퇴고는 글쓰기의 마무리 과정이 아니라 본격적으로 글을 마주하는 단계인지도 모른다.

퇴고는 단순히 초고라는 들판에 흩어져 있는 오탈자와 띄어쓰기 오류를 색출해서 바로잡는 일이 아니다. 초고의 들판을 헤집고 다니면서 발을 내디딜 때마다 눈앞에 펼쳐지는 활자의 풍경을 바라보며 글의 주제와 흐름 등을 살피는 일이다.

한마디로 퇴고는 나무를 관찰하는 동시에 숲을 조망

하는 행위다.

숲이라는 방대한 공간에서 나무를 관찰하려면 가까이 다가서야 한다. 멀리선 나무의 특징을 파악하기 어렵다. 매끄럽지 못한 표현과 맞춤법에 어긋나는 문장을 수정하는 일도 마찬가지다. 글자 하나하나에 집중해야 한다.

이와 달리 글의 흐름과 구조를 검토할 땐 작은 부분에 연연하기보다 넓은 시각으로 살펴야 한다. 숲을 전체적으로 조망하려면 잠시 숲을 벗어나 넓은 시야를 확보해야 하듯이 말이다.

퇴고를 이야기할 때 대개 "글을 고치는 횟수가 관건"이라고 말한다. 내 생각은 조금 다르다. 횟수 못지않게 퇴고에 임하는 시기와 자세도 중요하다.

난 초고를 작성한 후 곧바로 퇴고에 돌입하지 않는다. 원고 앞에서 한 걸음 물러나 물리적, 시간적 거리를 둔다. 글 안으로 너무 깊숙이 들어와 있으면 글을 냉정하게 바라볼 수 없기 때문이다.

더욱이 초고는 생물과 같아서 자신에게 가해지는 힘과 충격을 거부하는 속성이 있다.

어느 정도 원고를 쓰고 나면 '내가 여기까지 해냈구나…' 하는 성취감이 작가의 마음에 들어차는 경우가 많은데, 이는 글의 수정을 가로막는 걸림돌로 작용한다.

초고에 대롱대롱 매달려 있는 자만심과 대견함이라는 리본을 과감히 뜯어버리는 것이야말로 퇴고를 향해 나아가는 첫 단계가 아닐까 생각한다.

초고를 며칠 묵혀뒀다가 사나흘 만에 책상 앞에 앉으면 나는 낭독이라는 열쇠로 '퇴고의 문'을 열어젖히고 원고 안으로 들어간다.

뭐랄까. '나'를 향해 이야기를 들려주듯 문장을 읽어가며 글을 수정한다. 어머니와 머리를 맞대고 함께 원고를 낭독할 때도 있다. 그땐 두 명 이상이 읽는 것이므로 일종의 독회讀會를 하는 셈이다.

낭독은 잠든 문장을 흔들어 깨운다. 내 육성을 듣고 기지개를 켜는 활자들을 매의 눈으로 살펴보노라면, 미처 잡아내지 못한 실수와 오류가 눈에 들어온다.

그러면 키보드를 조각칼 삼아 글을 깎는다. 문장의 군더더기를 제거하고 장황하게 늘어지는 표현을 단축하고 어색한 단락은 밭을 뒤집듯 갈아엎어 문장을 다시 배열한다.

퇴고는 수학으로 치면 덧셈보다 뺄셈에 가깝다.

내용을 보완한답시고 마구 문장을 쑤셔 넣다 보면 글의 얼개가 어그러질 수도 있다. 장르 문학의 거장 스티븐 킹이 "나는 '수정본=원본-10%'라는 공식에 따라 소설을 쓴다"고 밝힌 것도 비슷한 맥락이 아닐까 싶다.

헝가리 출신 작가 아고타 크리스토프의 3부작 소설 《존재의 세 가지 거짓말》을 보면, 전쟁의 와중에 할머니 집에 맡겨진 쌍둥이 형제가 등장한다.

형제는 사전을 읽으며 철자법을 익히고 일상을 노트에 기록한다. 그들은 명백한 사실만을 문장에 담는다. 이를테면 "할머니는 마녀와 비슷하다"는 표현 대신 "사람들이 할머니를 마녀라고 부른다"고 쓴다. "당번병은 친절하다"가 아니라 "당번병은 우리에게 모포를 가져다주었다"는 문장을 적는다. 감정을 나타내는 말이 때론 모호하다는 이유에서다.

이런 글쓰기 방식은 퇴고와 관련해 생각할 거리를 준다. 글쓴이의 감정에 떠밀려 정확성과 객관성이 찬밥 신세로 전락한 글은, 독자 입장에선 먼지 낀 거울처럼 흐리터분하고 모호하게 느껴질 수도 있다.

초고를 에워싼 불필요한 포장지, 예컨대 과잉 감정 따위를 퇴고 과정에서 벗겨내야 한다. 그래야 연필을 깎아 흑심을 드러내듯, 모호함을 걷어내 글에 담은 메시지를 분명하게 드러내는 것도 가능하다.

다만 아무리 부지런히 문장을 매만지고 그 이음매를 목수가 사포질하듯 매끄럽게 다듬어도, 수정한 글이 마음에 들지 않을 때도 있는 게 사실이다.

그럴 때마다 구토증을 느낄 정도로 가슴이 답답하다. '지금 내가 하는 일이 퇴고推敲인가, 아니면 토고吐敲인가' 하는 생각이 들 정도다.

뜻대로 퇴고가 이뤄지지 않는 날이면 누군가 내 귀에다 대고 "명창정궤明窓淨机!"라고 고함을 지르는 것 같다. 서구의 미니멀리즘과도 닿아 있는 이 말은 "햇빛이 잘 비치는 창가에 놓여 있는 깨끗한 책상"이라는 뜻이다. 예부터 문인들이 이상적이라고 생각한 서재의 모습이다.

어디 서재뿐이랴. 퇴고를 거친 문장이야말로 정갈해야 한다. 우린 지면과 화면의 경계가 희미해진 세상에 살고 있다. 독자는 종이 책을 넘기며 글을 읽기도 하고 컴퓨터와 휴대폰으로 활자를 음미하기도 한다. 퇴고를 통해 가독성뿐 아니라 '눈에 띄는 정도'를 의미하는 가시성可視性, visibility을 확보하는 글이어야만 지면과 화면을 넘나들며 독자의 눈길을 사로잡을 수 있다.

일전에 어느 연예인이 방송에서 "삶의 길은 이어져 있다"고 말했다. 일찌감치 삶의 질곡과 부침을 겪은 듯한 인물의 입에서 나온 말이기에 하던 일을 멈추고 귀담아들었다.

"한창 잘나갈 때는 이 길과 저 길이 다른 것 같았어요. 그래서 좋은 길만 가려 했죠. 나중에 불행을 겪고 나서야 뒤늦게 깨달았어요. 실은 삶의 모든 길이 이어져 있다는 것을…."

그의 말처럼 정말 인생의 여러 길이 연결돼 있을까? 하기야 서로 다른 길을 택한 사람들이 어느 날 우연히 만나게 되고, 길을 잘못 들어선 줄 알았는데 어느 순간 원래 자리로 돌아오게 되는 걸 보면 딱히 틀린 말도 아닌 것 같다.

인생 여정뿐 아니라 어쩌면 퇴고의 과정도 그러한지 모른다. 초고에서 퇴고 사이의 거리는 아득히 멀어서 단번에 건너뛸 수 없다.

퇴고라는 목적지에 도달하려면 각기 분리된 것 같지만 결국 하나로 귀결되는 무수한 '고쳐쓰기의 길'을 묵묵히 걸어야 한다. 곧은 직선이 아닌 둥근 곡선의 궤적을 그리며 구불구불하게 이어져 있는 길을. 그 행로를 어떻게 지나느냐에 따라 글의 품격이 달라진다는 것은 불문가지일 것이다.

지
향

마음이 향하는 방향

어느 왕국에 아름다운 여인이 살았다.

사내들은 그녀의 마음을 얻으려 애썼다.

노모와 함께 사는 한 남자도 그중 하나였다.

그는 마을 어귀에서 작은 푸줏간을 했다.

여인을 향한 연정은 그의 마음속에서

뜨거운 불덩이가 되어 종일 굴러다녔다.

그러던 어느 날 우연히 여인과 마주친 사내는

감춰온 마음을 내보였다.

"내 마음을, 내가 지닌 모든 것을 당신에게 주고 싶습니다."

"지금까지 수많은 남자가 내게 사랑을 고백했어요. 다들 진귀한 보물과 희귀한 동물을 가져왔지만 내 마음은 요동하지 않았습니다. 흠, 정말 특별한 것을 보면 내가 흔들릴지도 모르겠네요."

"특별한 것이라면…."

"혹시 당신이 가장 아끼는 사람의 심장을 가져올 수

있나요?"

"제가 가장 아끼는 사람은 제 어머니인설요….."

"당신이 가장 소중한 것을 버릴 수 있다면 나는 다른 남자들의 구애를 물리치고 당신의 청혼을 수락할게요."

사랑에 눈이 먼 사내는 그날 밤 짐승으로 돌변했다. 어머니가 잠든 사이 심장을 파냈다. 동이 트자마자 어머니의 심장을 들고 여인을 만나러 뛰어가던 그는 그만 돌부리에 걸려 넘어지고 말았다.

그때였다. 아직 온기가 식지 않은 심장에서 울음기 섞인 어머니의 목소리가 흘러나왔다.

"아들아, 어디 다쳤느냐? 천천히 가거라, 천천히….."

몇 해 전 어느 잡지에서 이 우화를 읽자마자 나는 막심 고리키의 소설《어머니》에 나오는 문장을 떠올렸다. "이 세상 모든 어머니의 눈물은 마르지 않는다." 잡지를 덮고는 가슴에 손을 얹고 눈을 감았다. 내 안에서 물음이 돋아났다. 그동안 나는 부모의 심장을 도려낸 적이 없었나? 자신 있게 아니라고 답할 수 없었다.

바다 해海에는 어미 모母가 스며 있다. 어머니는 바다를 닮았다. 자식이 감히 가늠할 수 없을 정도로 어머니의 마음은 깊고도 따뜻하다. 그 품에 안기면 어른도 아이가 된다.

어머니의 사랑은 맹목적이다. 자신의 삶이 깨어져 산산조각이 나도 매번 자식을 보듬는다. 심장을 도려내는 아픔을 겪고 억장이 무너지더라도 어머니는 끝내 자식을 용서한다.

제아무리 짙은 어둠 속에서도 어머니의 사랑은 어둠을 찢고 빛을 향해 나아간다.

나는 내가 쓰는 글이
어머니의 사랑을 닮았으면 좋겠다.
내 손끝에서 돋아나는 문장이

어둠을 가로질러 빛을 향해 날아가는
새가 되었으면 한다.
그 새들이 누군가의 삶을
밝은 쪽으로 안내하기를 바란다.

이는 내 글쓰기의 지향점이다. 내 문장과 마음이 향
하는 방향이다. 지향점은 본디 과거가 아니라 미래
의 문제다. 지향점이 어딘가에 따라 걸음을 옮기는
방법과 속도와 리듬이 달라진다. 무엇보다, 지향점
이 명확하면 나아갈 힘이 생긴다.

한때 취재 기자로 일했던 나는 절망의 경계에 주저
앉은 사람들을 만나 그들의 이야기에 귀를 기울이곤
했다.

때로는 어둠의 밑바닥이라고 부를 만한 곳까지 내
려갔고, 더러는 현실의 비루함과 잔혹함을 온몸으로
매만지면서 허공으로 흩어지는 어둠의 파편들을 들
여다보았다.

어둠의 성질을 헤아림으로써 나는 빛의 성질도 알 수 있었다. 그러자 마음속에서 '어둠을 손가락질하는 것도 중요하지만 빛나는 걸 찾아내는 것이야말로 가치 있는 일이 아닐까' 하는 생각이 싹트기 시작했다.

문득 돌이켜본다. 뜻대로 흘러가지 않는 삶을 탓하며 어둠 속에서 길을 잃고 버둥거리던 어느 날, 어머니는 내게 한 줄기 빛을 던져주었다.
절망의 구름을 뚫고 내리꽂히던 빛의 입자를 따라가 보니, 그곳에서 커다란 빛의 줄기를 어루만질 수 있었다. 내 안의 어둠이 조금씩 걷히기 시작했다.
내가 살아가는 세계는 여전히 빛보다 어둠이 더 많이 서려 있을지 모르지만, 나는 그날의 기억을 가슴에 품은 채 오늘도 펜을 붙들고 어둠 속을 헤맨다.

언젠가 내 문장이, 빛이 쏟아지는 곳에 닿으리라 믿으며….

글
의

품
격

1판 1쇄 발행 2019년 5월 29일
1판 16쇄 발행 2019년 6월 15일

지은이 이기주
발행인 허윤형
펴낸곳 (주)황소미디어그룹
주소 서울 마포구 양화로 26, 704호(합정동, KCC엠파이어리버)
전화 02 334 0173 **팩스** 02 334 0174
홈페이지 www.hwangsobooks.co.kr
인스타그램 @hwangsobooks
등록 2009년 3월 20일(신고번호 제 313-2009-54호)

ISBN 979-11-90078-00-9 (03810)
© 2019 이기주

이 도서의 국립중앙도서관 출판예정도서목록(CIP)은 서지정보유통지원시스템 홈페이지
(http://seoji.nl.go.kr)와 국가자료공동목록시스템(http://www.nl.go.kr/kolisnet)에서 이용하
실 수 있습니다. (CIP제어번호 : CIP2019016718)